Die kreative Bucket List für Paare

299 Ideen für Paare und Ehepaare – Für mehr gemeinsame Erlebnisse zu Zweit

von

Anna Merkissen

Inhaltsverzeichnis

Einleitung

Eine Bucket List: Sicherlich habt ihr schon von diesem Begriff gehört, sonst hättet ihr euch nicht auf die Suche danach gemacht. Hinter dieser Beschreibung verbirgt sich eine Liste mit Dingen, die jeder Mensch unbedingt in seinem Leben machen möchte bzw. sollte. Ist ein Punkt erledigt, wird dieser abgehakt, und das nächste Ereignis wartet schon auf seine Erfüllung.

Eine aufregende Zeit, die durch nichts zu ersetzen ist! Es gibt zahlreiche Bucket Lists, die das Leben bereichern können.

Was ist für dich wertvoll? Du hast einen Menschen an deiner Seite, den du liebst und du möchtest mit ihm in eine sorglose Zukunft starten. Doch manchmal kehrt der Alltag ein, und das, was einst einzigartig und wundervoll war, verliert ein klein wenig an Bedeutung. Das heißt natürlich nicht, dass du deinen Partner nicht mehr liebst. Es braucht nur einen kleinen Anstoß, um zurück zu dem zu finden, was einst die Liebe ausmachte.

Doch manchmal ist das Offenbaren von Gefühlen nicht so einfach und dann kann ein besonderes Ereignis dabei helfen, wieder näher zusammenzurücken und neuen Schwung in eine Beziehung zu bringen.

Dabei spielt es keine Rolle, ob verheiratet oder nicht: Jedes Paar hat es verdient, eine aufregende und glückliche Beziehung zu führen, die von Liebe, Leidenschaft und großen Gefühlen geprägt ist. Und dabei ist die Länge des Zusammenlebens gar nicht so wichtig.

In diesem Buch erwartet dich eine umfangreiche Auswahl an Möglichkeit. Sei es nun im Bereich Romantik, Sport oder auch Abenteuer, du wirst verschiedenste Lebensereignisse und noch viele weitere Ideen für euren Alltag finden. Ganz gleich, ob großes Erlebnis oder kleine Freude: Jede einzelne davon ist es wert, gemeinsam gelebt zu werden.

Probiert aus und seid erfinderisch. Am Ende dieses Buches werdet ihr beide vielleicht ganz neue Seiten an euch entdeckt haben und eventuell sogar ein wenig ärgern, dass sie so lange verborgen geblieben sind. Doch nichts ist verloren, sondern wartet lediglich auf seine Erfüllung. Wichtig ist, dass ihr es jetzt seht und zusammen das genießt, was nun vor euch liegt!

Rückt zusammen und findet wieder zu Momenten zurück, die einst allgegenwertig waren. Pflegt eure Beziehung und seht sie als etwas Besonderes an – denn genau das ist sie auch! Seid stolz auf das, was ihr geschafft habt und haltet es fest, wie den wertvollsten Diamanten, den es auf der Welt gibt! Er gehört nur euch allein – für immer!

1

Zusammen die Musik genießen

Den Alltag vergessen und zusammen einfach das genießen, was gerade den Raum und die Zeit erfüllt. Für sehr viele Menschen ist Musik die pure Entspannung. Sie löst Ärger und Stress auf, führt zusammen und lässt Emotionen frei.

Wann hast du dich das letzte Mal einem Lied so richtig verbunden gefühlt, dass du die Tränen nicht mehr zurückhalten konntest? Oder vielleicht gibt es auch einen Song, den du und dein Partner gerne als „euer Lied“ bezeichnet? Im Vordergrund steht hier oft eine Situation wie der erste Kuss oder die erste Begegnung.

Ganz gleich, was euch bewegt: Musik kennt oft dann eine Antwort, wenn Worte es nicht mehr vermögen. Und somit eröffnet sie auch euch sehr viele Möglichkeiten, die euch noch viel näher zusammenbringen und Erinnerungen wach werden lassen können!

Taucht ein in die Welt der Musik!

1. Konzertbesuch

Wo könnt ihr besser eure Musik leben als auf einem Konzert. Hier könnt ihr euren Lieblingskünstler live erleben und hautnah dabei sein. Wenn ihr schon einmal ein solches Erlebnis fühlen durftet, werden ihr bereits wissen, dass es etwas ganz Besonderes ist. Hier kommen Klänge und Töne viel besser zur Geltung. Songs, die euch schon auf dem heimischen Sofa berührt haben, gehen hier mitten ins Herz.

Wenn ihr eine gemeinsame musikalische Leidenschaft hegt, braucht es nur noch das richtige Konzert in eurer Nähe. Doch vielleicht möchtest du auch ein wenig Zeit vergehen lassen, etwas weiter fahren und deinen Partner mit diesem Tag so richtig überraschen.

Diese Einladung wird deine Liebe vergessen und zusammen werdet ihr einen Abend erleben, der für immer in euren Erinnerungen und Herzen bleiben wird.

2. Konzert mit Überraschungen

Aber nicht immer muss es die Lieblingsband sein! Wenn ihr einen Abend lang einfach mal raus möchtet, und eine Band in eurer Nähe spielt, dann geht hin. Kauft euch Karten an der Abendkasse, wenn das möglich ist, und lasst euch einfach von etwas beeindrucken, was ihr vielleicht noch nie gehört habt. Eines ist aber klar: Dieser Abend wird unvergesslich werden, völlig egal, ob die Musik gut ist oder nicht!

3. Das Festival

Wenn du jetzt vielleicht denkst, dass du aus diesem Alter heraus bist, täuschst du dich! Für eine gemeinsame Leidenschaft ist niemand zu alt und das gilt natürlich auch für Festivals.

Hier ist das große Abenteuer nicht nur auf einen Abend beschränkt, sondern ihr könnt gleich mehrere Tage zusammen das erleben, was euch verbindet.

Hier habt ihr die Gelegenheit, vielleicht ganz neue und schon vergessene Seiten an euch zu entdecken. Ganz gleich, ob kuscheliges Zelt oder romantisches Hotelzimmer zur Erholung nach den ereignisreichen Tagen: Das, was euch gefällt, ist genau richtig!

Hadere nicht mit dir und schaue dich nach einem Festival um, was Erinnerungen wiederaufleben lässt und seid zusammen ganz nah dabei!

4. Trefft euren Star

Was unmöglich scheint, konnten schon viele in die Tat umsetzen. Natürlich könnt ihr nicht einfach mit ihm oder ihr einen Termin machen, aber vielleicht klappt es schon nach dem nächsten Konzert? Wenn ihr das nächste Mal auf einer solchen Veranstaltung seid, geht nach der Show nicht nach Hause, sondern wartet noch ab. Ihr werdet nicht die Einzigen sein und irgendwann kommt er oder sie noch einmal nach draußen, um Fotos zu schießen und Autogramme zu verteilen. Fühlt euch noch einmal wie sechzehn und ergattert einen Blick und vielleicht sogar ein Foto, welches euch für immer an diesen tollen Abend zurückdenken lassen wird.

5. Lernt ein Instrument

Vielleicht denkt ihr schon lange darüber nach, aber habt euch nie getraut, es in die Tat umzusetzen. Welches Instrument soll es sein und schaffe ich das überhaupt? Fragen über Fragen, aber wer nicht versucht, Antworten zu finden, kommt niemals weiter.

Wartet nicht mehr, sondern fangt einfach an. Zusammen habt ihr viel mehr Motivation und könnt euch gegenseitig Mut machen.

6. Oper

Schick angezogen einen tollen Abend verbringen? Dann geht einmal zusammen in die Oper. Auch wenn ihr der Meinung seid, dass es nichts für euch ist, habt ihr es zumindest schon einmal gesehen und werdet in jedem Fall unvergessliche Eindrücke gewinnen können. Auch wenn ihr die Geschichte des Stücks nicht kennen solltet und im schlimmsten Fall kein Wort versteht, lasst euch davon nicht den Abend zerstören. Ihr seid zusammen, seht toll aus und nehmt etwas mit, was wirklich nicht allen Menschen in ihrem Leben zuteilwird.

7. Musikklänge zu Hause

Aber nicht jeder ist für Konzerte gemacht. Möchtest du lieber zu Hause bleiben und auf Stehen und Zelte verzichten? Dann ist das natürlich auch völlig in Ordnung und hat nichts damit zu tun, dass du deinem Partner nicht in einer musikalischen Umrahmung näherkommen kannst.

Sicherlich seid ihr im Besitz von Tonträgern, ganz gleich, in welcher Form. Selbst über das Internet ist heute schon eine große Auswahl zu finden.

Dann zögere nicht und lege einfach die Platte auf, die euch beiden gefällt. Du musst es nicht ankündigen – sei einfach kreativ. Lass den Fernsehabend ausfallen und lege etwas Musik auf, wenn der Tag zu Ende geht. Stelle Kerzen auf und dimme das Licht: Du wirst über die tolle Wirkung begeistert sein. In diesem Augenblick zählt nur noch ihr und sonst niemand. Manchmal braucht es wirklich nicht viel!

8. Lied wünschen

Ganz bestimmt hört ihr es immer wieder, aber habt es selbst noch nie ausprobiert! Wünsche dir für deinen Partner einen Song im Radio. Dazu muss kein Geburtstag anstehen, du kannst es einfach so machen. Dann schalte ganz zufällig das Radio ein, und siehe da: Dein Partner wird mehr als überrascht und glücklich über deine Idee sein!

9. Musicalbesuch

Die Leidenschaft für Musik und das Theater verbinden? Mit einem Musicalbesuch ist genau das möglich.

Wenn ihr beide schon immer diese ganz besonderen Stücke geliebt hat, ist es jetzt vielleicht an der Zeit, einen solchen Abend gemeinsam zu verbringen. Hier erlebt ihr das große Gefühl gepaart mit wundervollen Bühnenbildern und Stimmen.

Sucht euch gemeinsam das Stück eurer Wahl heraus oder überrasche deinen Partner, wenn du genau weißt, was ihm bzw. euch gefallen könnte.

Vor euch liegt ein Abend, den ihr nicht mehr vergessen werdet.

10. Zur Lieblingsmusik tanzen

Sicherlich findet ihr ein paar Songs, die euch beiden so richtig gut gefallen. Legt sie auf und fühlt euch so richtig frei: Ganz gleich ob rockiger Sound oder sanfte Ballade. Tanzt zusammen, ihr seid ganz allein. Niemand kann es sehen und wenn ihr nicht so gut tanzen könnt, dann spielt es auch keine Rolle. Traut euch und genießt einfach diesen wunderschönen Moment.

11. Auf einer Bühne

Habt ihr so viel Talent, dass ihr euch zutrauen würdet, zusammen auf einer Bühne zu stehen? Na dann los! Ganz gleich, ob auf dem Dorffest, bei einer kleinen Veranstaltung oder gar im großen Fernsehen: Die Bretter, die die Welt bedeuten, liegen euch zu Füßen und diese Erfahrung lässt sich durch nichts ersetzen. Kostet sie in vollen Zügen aus!

12. Eigene Musik

Wenn Musik das ist, was euch verbindet, spielt ihr vielleicht bereits ein Instrument. Und was könnte schöner sein, als ich einem solchen Fall gemeinsam zu musizieren? Singt und spielt zusammen, wonach euch der Sinn steht. Findet die Melodie, die euch zusammen entspannen lässt und taucht ab in eine

Welt, die nur von euren Gefühlen und Klängen erfüllt ist. Gibt es etwas Schöneres, um sich näherzukommen?

13. Konzert auf dem Sofa

Nicht immer muss es der Besuch eines Konzerts sein! Wenn ihr eine Lieblingsband habt, besitzt ihr vielleicht auch eine DVD eines Auftritts. Legt diese in den DVD-Player ein und genießt ganz entspannt einen musikalischen Abend.

14. Song schreiben

Musik bestimmt das Leben vieler Menschen so stark, dass sie auch selbst schreiben. Aber auch dann, wenn du kein erfahrener Künstler auf diesem Gebiet bist, wirst du deinen Partner sprachlos machen. Schreibe für deine Liebe einen Song. Es kommt nicht unbedingt auf das Halten von Tönen an! Der Gedanke und dein Mut übertreffen alles, ganz zu schweigen von deiner großen Liebe. Habe keine Angst! Du schaffst das!

15. Das eigene Lied aufnehmen

Ihr habt eine richtig tolle Idee. Warum diese nicht auch aufnehmen? Ganz gleich, ob privat oder vielleicht doch so richtig professionell: Möglichkeiten ergeben sich und wer nicht sucht, der findet auch nicht! Versucht, diesen Traum umzusetzen, und sollte es wirklich nicht möglich sein, bleibt euch ein wundervolles Erlebnis und ihr singt weiter nur für euch selbst!

16. Playlist erstellen

Ihr beide habt gemeinsame Vorlieben für Musik? Super! Dann setzt euch zusammen hin und erstellt eine Playlist, die nur für euch bestimmt ist. Sucht euch Lieder heraus, die euch verbinden und hört sie, wann immer ihr wollt!

17. Gemeinsam singen

Aber vielleicht teilt ihr diese Leidenschaft auch gemeinsam und möchtet etwas Unvergessliches schaffen? Dann schreibt zusammen ein Lied, lasst euch von euren Gefühlen inspirieren und rückt noch näher zusammen. Ihr werdet eine unvergleichbare Verbindung spüren.

2

Liebe geht durch den Magen

Gemeinsam genießen und schlemmen! Wann habt ihr das letzte Mal zusammen etwas genossen, was leider viel zu oft schon Alltag geworden ist?

Das Einnehmen einer Mahlzeit ist für sehr viele Menschen nicht mehr als das. Schnell wird in den Abendstunden beim Fernsehen oder im Stehen etwas zu sich genommen.

Wo bleibt dabei das Gefühl der Verbundenheit und des besonderen Geschmacks? Im Alltagsstress geht es leider viel zu oft unter. Auch wenn ihr euch immer wieder sagt und versprecht, dass ihr euch morgen die Zeit nehmen werdet, wird es wohl doch nicht passieren. Versprechungen sind gut, helfen aber leider nicht weiter.

Findet wieder zu diesem Gefühl zurück, was einst völlig normal und wunderschön war. Erlebe zusammen mit deinem Partner, wie du genau das wiederfinden und entdecken kannst!

18. Gemeinsam kochen

Wann habt ihr das letzte Mal zusammen gekocht? Vielleicht ist es schon länger her und somit ist heute der richtige Tag dafür. Wälzt gemeinsam Kochbücher und findet etwas, was euch so richtig Spaß macht. Ihr werdet überrascht sein, wie schnell ihr enger zusammenfindet und euch auf geschmackvolle Art und Weise näherkommt.

19. Candle Light-Dinner

Nicht immer muss es der Kerzenschein im Restaurant sein. Überrasche deinen Partner nach einem anstrengenden Tag und gestalte den Tisch wie in eurem Lieblingslokal. Kerzen, Servietten und Tischdecke sind sicherlich schnell gefunden.

Wenn du nicht selbst kochen möchtest, kannst du vielleicht auch etwas liefern lassen. Wäge ab, aber ganz gleich, wie du dich entscheidest: Der Abend wird unvergesslich sein!

20. Kochkurs

Wenn du jetzt denkst, dass diese Idee wenig in einer Partnerschaft bewegen kann, so täuschst du dich. Denn wie du weißt, geht Liebe durch den Magen. Es geht nicht darum, als Profikoch zurückzukommen, sondern etwas zu erleben, was völlig neu für euch ist. Wenn ihr am Ende feststellt, dass ihr dennoch nicht regelmäßig zusammen kochen wollt, dann ist es auch nicht so schlimm. Aber ihr habt eine tolle Erfahrung gemacht, an die ihr noch sehr lange denken werdet.

21. Der letzte Bissen

Was einfach klingt, kann eine verdammt große Überwindung sein. Wenn du etwas besonders Leckeres isst, wovon du auf keinen Fall etwas abgeben möchtest... versuche, genau das zu tun (vorausgesetzt dein Partner mag es auch so sehr wie du). Auch wenn es dir weh tut und du viel lieber selbst bis zum letzten Bissen den vollen Geschmack auskosten möchtest, teile das Erlebnis mit deiner Liebe. Dein Partner wird es zu schätzen wissen und darf sich über einen weiteren Beweis deiner Zuneigung freuen.

22. Experimente

Warum immer nach einem festen Rezept kochen? Das ist doch eigentlich viel zu langweilig. Versucht etwas Neues und total verrücktes. Mischt zusammen, was euch gerade in die Finger fällt, und probiert gegenseitig! Wer weiß – vielleicht kommt ein kulinarischer Hochgenuss dabei heraus.

23. Pralinen

Ihr liebt es süß? Dann solltet ihr einmal zusammen Pralinen herstellen. Das klingt kompliziert, aber es gibt durchaus auch Rezepte, für deren Umsetzung ihr keine Profis sein müsst. Traut euch und taucht ein in die süße Welt der Schokolade. Die Zubereitung selbst wird euch schon begeistern, von der Verkostung ganz zu schweigen. Und wenn ihr einmal auf den

Geschmack gekommen seid, wird es sicherlich nicht das letzte Mal gewesen sein.

24. Kuchenbacken

Süße Leckereien sind doch kaum auszuschlagen, oder? Dann überrasche deinen Partner mit einem Kuchen in Herzform. In dir muss kein Meisterbäcker stecken, denn schon allein die Form und der Gedanke zählen! Sei kreativ und zaubere eine süße Verführung der ganz besonderen Art.

25. Gemeinsam ausprobieren

Doch nicht immer musst du es sein, der einen Kuchen für deinen Partner zaubert. Wie beim Kochen könnt ihr auch beim gemeinsamen Backen sehr viel Freude haben und die Zubereitung ist auch noch durchweg zuckersüß. Taucht ein in kulinarische Welten und schwebt auf „Watte" aus Zucker.

26. Kochduell

Kochen der besonderen Art: Wer kann es besser? Fordert euch auf liebevolle Art und Weise heraus und kocht „gegeneinander". So könnt ihr nicht nur eure Fertigkeiten erweitern, sondern auch noch viel über den Partner erfahren. Wer weiß, was für ein Talent in ihm steckt, wenn er erst einmal den richtigen Ehrgeiz entwickelt?

27. Etwas Außergewöhnliches essen

In den meisten Fällen wird nur das gegessen, was auch gemocht wird. Doch warum nicht auch mal ein Risiko eingehen und etwas völlig Unbekanntes versuchen? Zu zweit ist es viel leichter und braucht deutlich weniger Überwindung. Probiert es aus.

28. Esswettbewerb

Ganz sicher etwas, was ihr nicht alle Tage macht: Nehmt zusammen bei einem Esswettbewerb teil. Wenn ihr jetzt denkt, dass Frauen hier prinzipiell schlechter abschneiden, werdet ihr vielleicht noch überrascht sein. Sehr oft sind es auch die Männer, die die Hände heben und nicht mehr weiteressen können. Wer erreicht zuerst seine Grenzen? Macht eine Erfahrung, an die ihr noch lange zurückdenken werdet.

29. Insekten

Es klingt unangenehm, aber ist es das auch? Schon allein bei der Vorstellung werden sicherlich viele diese Idee für ihre Bucket List wieder verwerfen. Aber warum nicht einen Versuch starten? Eines haben Forschungen ergeben: Es kann sogar gesund sein und weder Schäden noch Krankheiten sind zu erwarten. Also was ist mit euch: Habt ihr den Mut und traut euch das Essen der besonderen Art zu?

30. Schlechtestes Restaurant besuchen

Essen gehen kann jeder, denkt ihr? Das stimmt schon, aber wer besucht wissentlich das schlechteste Restaurant der Stadt? Informiert euch, auf welches Lokal das in eurem Fall zutrifft, und geht das Risiko ein. Überzeugt euch selbst davon und probiert das Essen. Vielleicht täuschen sich die Bewertungen auch! Niemand kann es sagen, nur ihr wisst es dann auf jeden Fall und könnt mit einem Lächeln von eurem schönen Abend berichten, der trotz des Essens kein Reinfall sein wird.

31. Wein / Schnaps herstellen

Ein Erlebnis, dass euch sicherlich noch lange in Erinnerung bleiben wird und definitiv einen Seltenheitswert hat. Stellt doch einfach euren Wein oder Schnaps selbst her, dabei natürlich nur in der zugelassenen Menge. Findet für euch heraus, was euch mehr liegt und startet einfach einen Versuch. Und wenn ihr feststellt, dass das Ergebnis doch nicht nach euren Vorstellungen ist, dann habt ihr es wenigstens gewagt.

In diesem Sinne: prost!

32. Obst gestalten

Auch wenn dieser Hinweis sehr einfach klingen mag, kannst du sogar an deine Grenzen stoßen. Hast du schon einmal versucht, aus einem Apfel einen Stern zu schneiden? Das ist schwerer als gedacht. Aber versuch es dennoch und verwöhne deinen Partner mit einer Überraschung, die so schnell nicht mehr vergessen wird. Anleitungen für das richtige Vorgehen findest du im Internet.

33. Etwas richtig Scharfes essen

Ihr wollt euch gegenseitig beweisen, was in euch steckt und etwas richtig Scharfes essen? Na dann los. Entweder ihr kocht selbst etwas, das ihr dann in Eigenverantwortung versucht, oder ihr geht in ein Lokal oder auch zu einem Imbiss. Currywurst mit extra scharfer Soße kann hier schon eine Grenze überschreiten und euch bei eurem Vorhaben unterstützen. Wer hält länger durch? Es bleibt spannend und am Ende kann es nur einen Sieger geben. Kleiner Tipp: Wasser trinken hilft nach dem Verzehr nicht unbedingt, um das Brennen zu löschen.

34. Überraschendes Dinner

Für viele Paare ist es nichts Ungewöhnliches, abends Essen zu gehen. Aber was, wenn es völlig unerwartet eintritt? Plane es nur für dich und hole deinen Partner von der Arbeit ab. Wenn du weißt, wann der Feierabend naht, warte am Auto und nimm bei Bedarf Wechselkleidung mit. Eine Möglichkeit zum Umziehen findet sich immer und die Spontaneität macht diesen Anlass nur noch aufregender!

35. Ohne Besteck

In der Regel essen wir natürlich mit Besteck. Aber warum nicht etwas Neues ausprobieren, wenn ihr allein seid. Lasst das „Werkzeug" fallen und esst doch einfach mal ohne Hilfsmittel. Hier landet sicherlich etwas daneben, und wie ihr es beseitigt, obliegt eurer romantischen Fantasie.

36. Einmal umdrehen bitte

Essen gehen ist doch normal? Das muss nicht sein und wenn euch das Abholen auch noch zu eintönig ist, versucht es doch anders: Geht in euer Lieblingslokal und bestellt einfach von hinten nach vorn. Das heißt, ihr fangt mit dem Dessert an und esst zum Schluss die Vorspeise. Hier werdet ihr sicherlich neugierig beäugt, und das ist richtig aufregend!

37. Pizza auf dem Balkon

Kochkurs und Essen gehen ist nichts für dein Budget? Dann ist das auch in Ordnung und hat nichts mit dem Verzicht auf romantische Stunden zu tun. Überrasche deinen Partner mit einem Glas Wein, einer Pizza und ein paar Kerzen auf dem Balkon. Es braucht nicht viel Geld, um zusammen einen schönen Abend zu verbringen. Lasst es euch schmecken und genießt den Wein bei Mondschein auf dem eigenen Balkon!

38. Pasta

Jeder Mensch sollte im Leben einmal seine Pasta selbst gemacht haben. Wie sieht es bei euch aus? Es ist nicht nur eine ganz neue Erfahrung, sondern macht auch noch richtig Spaß. Werdet ihr mit den langen Nudeln wirklich zurechtkommen? Hier ist Fingerspitzengefühl gefragt und es werden ganz sicher alle Hände gebraucht.

Wagt einen Versuch und lasst es euch schmecken!

39. Einmal vegan und zurück

Es wird sehr viel über diese Ernährungsform gesprochen, sei sie nun gut oder schlecht. Wie seht ihr das? Um herauszufinden, was wirklich stimmt und was nicht, könnt ihr doch einfach einen Selbstversuch starten. Stell eure Ernährung um und legt euch dafür ein Zeitlimit fest. Fang mit einer Woche an, und kommt ihr gut zurecht, könnt ihr den Zeitraum immer noch ausdehnen und weitermachen. So könnt ihr euch eure eigene Meinung bilden und wer weiß, was sich daraus entwickelt.

40. Picknick

Was gibt es Schöneres, als bei Sonne und angenehmen Temperaturen das Wetter zu genießen? Packt einen Korb mit Leckereien, auf die ihr gerade besonders Lust habt und sucht euch einen schönen Platz in der Natur. Es muss nicht weit sein. Wichtig ist nur, dass ihr euch wohlfühlt und ungestört seid. Genießt eurer Essen und seid allein!

41. Frühstück im Bett

Was gibt es Schöneres als den Morgen mit einem guten Frühstück zu starten, ohne dafür aufzustehen zu müssen? Überrasche deinen Partner mit frischen Brötchen, Kaffee, Tee und was er sonst noch mag. Vergiss die Rose nicht und du wirst nicht nur ein Lächeln, sondern auch einen liebevollen Kuss ernten.

3

Sport bringt euch zusammen

Wie oft treibt ihr zusammen Sport? Auch wenn das bis heute gar nicht eure gemeinsame Leidenschaft war, könnt ihr hier dennoch sehr viele Gemeinsamkeiten entdecken.

Entdeckt eine Leidenschaft, die ihr vielleicht nicht für möglich gehalten hättet und wachst noch näher zusammen. Habt Spaß und spürt neben Teamgeist eure Liebe noch stärker in euren Herzen.

42. Nächtliches Joggen

Wenn ihr zusammen gerne lauft, wird euch das sicherlich gefallen. Ihr könnt dabei nicht nur eurem gemeinsamen Hobby frönen, sondern auch noch die frische Nachtluft genießen. Die Lichter um euch herum hüllen euch in einen wundervollen Schein und machen aus einem alltäglichen Sport plötzlich etwas ganz Besonders.

Genießt die Lichter der Nacht und seid euch auf eine ganz andere Art und Weise nah!

43. Tischtennis

Aber vielleicht mögt ihr lieber Sport, der euch ganz anders fordert. Wenn ihr Tischtennis liebt, kauft euch eine Platte und schlagt zusammen ein paar Bälle. Möglich wäre aber auch die Anmeldung in einem Verein, wenn dies in eurer Nähe möglich ist. Lebt gemeinsam euer sportliches Hobby.

44. Marathon

Das solltet ihr beide unbedingt zusammen versuchen. Es gibt in vielen Städten jährlich einen Marathon, an dem jeder Freizeitsportler teilnehmen kann. Habt nur Mut! Es kommt nicht darauf an, dass ihr gewinnt. Vielmehr ist es ein tolles Gefühl, sagen zu können, dass ihr dabei wart.

45. Minigolf

Nicht immer braucht es besondere Kenntnisse oder einen Sport, den ihr schon ausübt. Minigolf ist z.B. immer möglich, völlig egal, ob ihr es schon versucht habt oder nicht! Sucht nach einem Minigolfplatz in der Nähe, leiht euch Schläger und Ball und schon kann es losgehen. Hier wird gelacht, probiert und Neues entdeckt! Wartet nicht länger und füllt euren Abend mit einem Erlebnis, dass ihr jederzeit wieder gemeinsam revuepassieren lassen könnt.

46. Verein

Doch vielleicht geht eure sportliche Leidenschaft noch weiter! Wenn ihr einen Lieblingsverein habt, besucht zusammen ein Spiel. Hier steigt die Laune und zusammen könnt ihr eurer Mannschaft zujubeln. Es ist ein ganz anderes Gefühl als zu Hause auf dem Sofa! Viel Spaß bei einem unvergesslichen Nachmittag.

47. Sport-Extrem

Ihr liebt den Nervenkitzel? Warum dann nicht einen Bungeejumping-Sprung zusammen genießen? Auch wenn du jetzt noch Zweifel hast, wird es ein großartiges Erlebnis sein. Gemeinsam könnt ihr etwas machen, was ihr nie mehr vergessen werdet und ein Gefühl teilen, dass euch für immer in Erinnerung bleiben wird.

Lasst euch vom Ovid-Effekt überraschen!

48. Federball

Dieser Sport macht nicht nur Spaß, sondern fördert auch die gemeinsame Ausdauer. Ihr müsst euch nicht überanstrengen, könnt euch aber doch über eine sportliche Betätigung freuen. Ganz gleich ob zu Hause oder in einem Sportverein: Federball macht als Paar immer am meisten Spaß!

49. Schneeschuhwanderung

Auch wenn es natürlich jahreszeitlich und auch gebietsmäßig begrenzt ist, gehört es ohne Zweifel zu den sportlichen Aktivitäten, die du und dein Partner bei Möglichkeit gemeinsam ausprobieren solltet. Erforscht die Umgebung und hört das Knirschen unter euren Füßen. Es ist eine Wanderung der besonderen Art und für euch unvergesslich.

50. Yoga

Findet Ruhe und Entspannung auf einem ganz anderen Level! Der Alltag ist oft anstrengend und wenn das normale Leben euch nicht zur Ruhe kommen lässt, wird es Yoga sicherlich schaffen. Besucht zusammen einen Kurs, spürt euren Atmen ganz neu und bewusst und nehmt das Gefühl mit nach Hause. Auf diese Weise seid ihr zusammen und schafft wieder eine Verbindung, die von Ausgeglichenheit geprägt ist.

51. Wandern

Liebt ihr die Berge und die frische Luft? Dann nutzt zusammen den nächsten freien Tag und geht wandern! Genießt die Natur und fühlt nichts anderes um euch herum. Ganz sicher werdet ihr ein Ziel finden, dass euch begeistern wird. Ganz gleich ob ferne Burg, Berg oder Tal: Seid kreativ und macht euch einen schönen Tag!

52. Sport entdecken

Nicht immer ist Sport schon Teil einer Beziehung. Wenn ihr vielleicht beide bis heute kein derartiges Hobby hattet, dann kann es doch noch zu einem werden. Sucht zusammen nach einer Sportart, die euch gefallen könnte, und probiert diese einfach aus. Wenn es euch keinen Spaß macht, sucht weiter! Ganz sicher werdet ihr etwas finden. Auf diese Weise entdeckt ihr vielleicht sogar ganz neue Seiten an euch.

53. Tisch-Kicker

Auch wenn es jetzt wenig überzeugend klingen mag – vielleicht habt ihr einen Tisch-Kicker zu Hause, dann nutzt ihn doch und spielt eine Runde. Ihr werdet überrascht sein, wie schnell er euren Ehrgeiz wecken kann und der Kampfgeist aufblüht. Hier ist Lachen und Freude garantiert. Lust auf eine kleine Runde?

54. Twister

Auch wenn es in diesem Sinne keine sportliche Aktivität ist, gehört sie dennoch in jedem Fall in diese Kategorie. Bestimmt kennt ihr das Spiel mit den großen bunten Kreisen und der Drehscheibe. Spielt es zusammen und kommt euch auf diese Weise auch noch besonders nah. Aber nicht nur das: Hier ist die Kunst der Verrenkung sowie viel Ausdauer in den Knochen und Muskeln gefragt. Wenn du all dies hast, wirst du gegen deinen Partner gewinnen können. Und wenn nicht? Mit dem Verlieren wirst du bestimmt auch gut leben können.

55. Seilklettern

Sicherlich kennt ihr die großen Kletterwände, die oft in Hallen oder auch im Freien zu finden sind. Wenn ihr hoch hinauswollt, ist das eine gute Wahl für euch. Wenn der Mut fehlt, könnt ihr euch gegenseitig unterstützen und ein tolles Gefühl des Zusammenhalts genießen. Und wenn ihr es erst einmal geschafft habt, macht es richtig Spaß!

56. Tandem-Rad

Wenn ihr denkt, dass sich hier der pure Spaß versteckt, täuscht ihr euch, zumindest ein Stück weit. Die Fahrt auf einem solchen Rad erfordert sehr viel Konzentration und ist mehr als nur gute Beinarbeit. Leiht euch ein solches Fahrrad aus und macht eine Tour, die nicht alle Paare erleben können.

57. Skaten

Bewundert ihr auch immer die Jugend auf ihren Skatboards? Doch wer sagt, dass dieser Sport nur für die jüngere Generation gemacht ist? Versucht es und stellt euch selbst auf die Bretter mit Rollen. Es braucht sehr viel Übung, doch ihr habt euch und dann kann eigentlich gar nichts schief gehen. Aber bitte auf nötige Eigensicherung achten!

58. Ein Jahr dranbleiben

Wenn ihr einmal eine Sportart entdeckt habt, ist es schon ein guter Anfang. Aber schafft ihr es auch, ein Jahr lang dranzubleiben? Nehmt es euch fest vor und glaubt an euch! Motiviert euch gegenseitig und findet vielleicht heraus, dass es für euch mehr als nur ein Sport ist.

4

Nimm die Liebe mit auf Reisen

Ihr seht beide gerne die Welt und liebt es, neue Orte zu erkunden? Doch oftmals braucht all das viel zu viel Planung, oder nicht? Eigentlich nicht! Seid spontan und kreativ. Es braucht nicht immer eine monatelange Planung, um von einem Ort zum anderen zu reisen und die Liebe mitzunehmen!

Es gibt immer eine Gelegenheit und ihr müsst sie nur erkennen. Die folgenden Ideen werden euch sicherlich sehr viel Inspiration geben!

59. Last Minute

Denkt nicht weiter darüber nach, sondern schlagt einfach zu! Geht in das nächste Reisebüro und wählt euch den Last Minute-Urlaub aus, der euch am meisten zusagt. Es muss keine Reise sein, die wochenlang andauert. Schon ein paar Tage an einem neuen Ort können so viel bewirken und lassen eure beide Herzen höherschlagen.

60. Tages-Trip

Ihr habt beide einen freien Tag und wollt nicht zu Hause bleiben? Na dann ab in die nächste Stadt! Vielleicht wart ihr schon länger nicht mehr da (außer zum letzten Einkauf) und habt völlig vergessen, was euch dort alles erwartet. Schaut euch die Sehenswürdigkeiten an, entdeckt romantisches und seid euch einfach nah an diesem anderen Ort!

61. Tropical Island

Zu gerne möchtet ihr die Karibik besuchen, aber euch fehlt einfach das Geld oder die Zeit? Na dann fahrt einfach zur nahegelegeneren Variante: Tropical Island. Hierfür braucht ihr keinen Flug buchen, sondern nur eure Tasche packen und losfahren. Wenn ihr möchtet, könnt ihr dort sogar übernachten und das Feeling der Südsee und der Karibik erleben. Hier erwarten euch tropische Temperaturen und jede Menge Möglichkeiten, um einfach abzuschalten. Neugierig geworden? Genießt einen wundervollen Tag!

62. Sparziergang im Sonnenuntergang

Was einfach klingt, wird von sehr vielen Paaren im Urlaub vergessen. Sind erst einmal Kinder an Bord, fehlt dazu oft die Zeit und als Paar ist meist der Tag so durchgeplant, dass auch hier kein Zeitfenster mehr bleibt. Nehmt euch also unbedingt die Zeit und macht einen Spaziergang am Strand. Genießt die kühle Brise und die Sonne auf eurer Haut. Spürt den Sand unter den Füßen und seid einfach zusammen.

63. Alpaka-Tour

Sicherlich kennt ihr die großen Tiere mit dem felligen Kopf? Sie sind schön anzusehen und eine Tour mit ihnen bleibt ein unvergessliches Erlebnis. Wenn bei euch die Möglichkeit besteht, genießt das in jedem Fall zusammen. Ihr werdet es nicht mehr vergessen!

64. Nackt im Meer baden

Die Sonne ist nicht mehr zu sehen und es gibt nur noch euch und die tosenden Wellen. Das Meer liegt vor euch und niemand ist da. Nutzt diese einzigartige Gelegenheit und geht nackt hinein in die Fluten. Spürt das Wasser auf eurer Haut und lasst eure Fantasie sprechen. Euch wird garantiert nicht kalt.

65. Stonehenge

Sicherlich habt ihr von den mystischen Steinformationen schon einmal gehört. Dann versucht, diese in jedem Fall auch einmal vor euch zu sehen. Diese durchaus lange Reise wird sich lohnen und ihr seht etwas, was bei Weitem nicht jeder Mensch zu Gesicht bekommt!

66. Übernachtungen im Baumhaus

Sicherlich wird diese Möglichkeit nicht an jedem Urlaubsort zu finden sein, aber wenn es sich ergibt, sagt nicht „Nein". Eine Übernachtung im Baumhaus wird ein einzigartiges Erlebnis sein. Genießt die Natur auf eine besondere Art und Weise und nehmt die Klänge um euch herum wahr, wie noch nie in eurem Leben. Rückt näher zusammen und genießt eine unvergessliche Nacht!

67. Mammutmarsch

Macht zusammen unbedingt einen Mammutmarsch. Diese umfassen eine Strecke von 100 km. Wenn euch das zu lang ist, könnt ihr euch eine kürzere Strecke wählen, die nur halb so lang ist. Das ist der sogenannte kleine Mammutmarsch mit ungefähr 50 km. Hier weckt ihr den gemeinsamen Teamgeist und könnt sehr viel Zeit miteinander verbringen.

68. Gondelfahrt

Wenn ihr zufällig in Venedig seid, solltet ihr auf jeden Fall eine Fahrt mit der Gondel unternehmen. Lasst es euch nicht nehmen und erkundet die Stadt auf diese wundervolle Weise. So habt ihr Venedig sicher noch nie gesehen!

69. Die größte Höhle der Welt

Wisst ihr, wo sich diese befindet? Sie ist in Vietnam und auf jeden Fall eine Reise wert. Seht sie euch an, wenn ihr die

Möglichkeit dazu seht, denn es ist ein Ausflug, den wahrlich nicht jeder Mensch in seinem Leben verzeichnen kann. Genießt einen unvergesslichen Tag zu zweit an einem wunderbaren Ort.

70. Ein Tauchgang

Wenn ihr die Möglichkeit habt, solltet ihr in jedem Fall einmal das Tauchen für euch entdecken. Wenn es kein Kurs sein soll, muss es das auch nicht! Aber einmal in Meer deines Urlaubsortes zusammen mit dem Partner tauchen, wird unvergesslich für euch sein. Seht euch die Meereswelt an und nehmt euch bei den Händen. Ihr werdet es nicht mehr vergessen.

71. Auf „hoher See"

Wenn ihr das Wasser besucht, mietet euch in jedem Fall ein Boot oder unternehmt eine Rundfahrt mit einem Schiff. Ganz egal was: Seid auf dem Wasser, denn so schnell wird sich euch diese Gelegenheit nicht mehr bieten. Entscheidet, ob ihr lieber selbst rudern oder ganz entspannt das Panorama genießen wollt. Beides hat seine Vorteile und ihr habt unvergessliche Augenblicke.

72. Das Tote Meer

Wer einmal dort ist, muss unbedingt in ihm baden. Setzt es unbedingt auf eure Reiseliste und nehmt ein ausgiebiges Bad, denn ob ihr noch ein weiteres Mal hierhinkommen werdet, kann noch niemand sagen. Auch wenn es kalt sein sollte: Habt Mut und springt in die Fluten und vergesst die Beweisfotos nicht.

73. Safari

Solltet ihr die Möglichkeit und ein Ziel wie z.B. Afrika gewählt haben, geht auf jeden Fall auf Safari. Hier könnt ihr Tiere in der freien Wildbahn sehen, die ihr so wohl niemals zu Gesicht bekommen würdet. Es ist ein tolles Gefühl und es liegen unvergessliche Momente vor euch.

74. Übernachtung auf einer Insel

Auch wenn es unmöglich klingt, wirst du diese Angebote immer wieder finden, wenn eine Insel in der Nähe ist. Erkundigt euch bei der Touristik, ob diese Angebote auch in eurem Urlaub möglich sind und erlebt etwas, was absoluten Seltenheitswert hat. Verbringt den Abend am Strand, genießt den Sonnenuntergang und schlaft unter Palmen. Eure Erinnerung wird für immer davon zehren.

75. Die heiße Quelle

In Island sind sie sehr oft zu finden: die heißen Quellen. Wer einmal hier ein Bad genommen hat, vergisst es so schnell nicht mehr. Solltet ihr jemals dort auf Reisen sein, lasst es auf keinen Fall aus. Es ist nicht nur ein wunderbares Gefühl, sondern zählt auch ganz sicher zu euren romantischen Momenten.

76. Die chinesische Mauer

Wenn es möglich ist, reist in jedem Fall zu diesem großen Bauwerk und geht auf ihr spazieren. Die Aussicht lässt sich nicht beschreiben, denn man muss sie einfach selbst gesehen haben. Es erwartet euch etwas ganz Großes und ihr werdet es nie mehr vergessen!

77. Die Stadt von oben

Ihr unternehmt eine Reise in eine große Weltstadt oder habt diese für den heutigen Tag als Ziel erwählt? Dann solltet ihr diese unbedingt von oben sehen. Vielleicht findet ihr ein Bauwerk, welches genau das möglich macht und weiterhin auch gleich noch als Sehenswürdigkeit gilt. Der Blick von oben ist atemberaubend und regt zum Träumen an. Gemeinsam träumt es sich doch immer am schönsten.

78. Nordlichter anschauen

Es ist ein absolutes Muss, wenn ihr zusammen im Norden unterwegs seid. Zwar werdet ihr sie nicht jeden Abend sehen können, aber wenn die Zeit passt, schaut sie euch auf jeden Fall an. Nicht jeder Mensch darf sich über diesen Einblick freuen. Auf diese Weise seid es ihr zwei, die es schaffen und das Erlebnis niemals mehr vergessen werden.

79. Ab auf den Roller

Das klingt verrückt, macht aber richtig Spaß! Wenn ihr euren Zielort erreicht habt, mietet euch den erstbesten Roller und erkundet mit diesem die Umgebung. Fahrt einfach los, schaut euch um und seid nicht zu schnell, um auch wirklich alles sehen zu können. Spürt den Wind auf eurer Haut und haltet an, wann immer es euch beliebt. So seht ihr viel mehr von der Umgebung und könnt etwas völlig Neues erleben.

80. Übernachten in einer Blockhütte

Leider wirst du diese Behausungen nicht überall finden können. Aber wenn sie ausfindig zu machen sind, müsst ihr unbedingt eine Nacht dort verbringen. Setzt euch an den Kamin und genießt die Zeit zu zweit, während es draußen schneit.

81. Zelten am Meer

Campen ist immer aufregend! Aber habt ihr das schon am Meer ausprobiert? Wenn ihr einen Strandurlaub macht, sollte das auf jeden Fall dazugehören! Vergesst also bei eurer nächsten Reise das Zelt nicht und wartet auf die geeignete Gelegenheit. Es wird unvergesslich für euch sein.

82. Casino

Es muss nicht Las Vegas sein, aber wenn sich die Gelegenheit bietet, geht zusammen in ein Casino. Es geht nicht um den großen Gewinn, sondern einfach nur darum, diese Erfahrung zu machen. Vielleicht entdeckt ihr sogar ein Spiel, welches euch richtig gut gefällt. Aber Vorsicht: Nichts ist in diesen Hallen umsonst!

83. Der Kuss vor dem Eifelturm

Auch wenn es wie ein Klischee klingt, machen es doch die wenigsten Paare. Ihr plant einen Ausflug nach Paris? Dann schaut in jedem Fall am Eifelturm vorbei und küsst euch, vielleicht sogar abends oder bei Sonnenuntergang, vor diesem großartigen Bauwerk. Im besten Fall findet ihr noch jemanden, der ein Foto von euch macht! Es wird unvergesslich sein!

84. Eine Nacht in der Wüste

Klingt unmöglich, aber bei eurem nächsten Ausflug in die Sahara solltet ihr das in jedem Fall versuchen. Schlagt ein Zelt auf und genießt eine ganz besondere Umgebung. Hier erlebt ihr etwas, was ihr zu Hause so schnell nicht mehr erfahren könnt. Nutzt es und rückt ganz fest zusammen!

85. Schwimmen mit Delphinen

Das große weite Meer macht es möglich. Wenn Delphine in der Nähe sind, nutzt die Gelegenheit und schwimmt mit ihnen. Ein solches Gefühl ist mit nichts zu vergleichen und wird sich für immer in euren Köpfen verankern. Vielleicht ergibt sich nur dieser eine unvergleichliche Moment und ihr könnt ihn gemeinsam genießen.

86. Kamelreiten

Die Umgebung einmal auf dem Rücken eines Tieres erleben, dass du so in Deutschland nicht finden wirst? Dann auf zum Kamelritt. Mit deinem Partner macht es besonders Spaß, vor allem dann, wenn ihr zusammen auf einem Tier reitet.

87. Ein Bild malen lassen

Wenn ihr auf Reisen seid, werdet ihr sie vielleicht sehen: Maler! Oft sitzen sie mit ihren Staffelleien am Rand der Straßen und malen Bilder von Vorbeiziehenden. Ganz gleich, ob eine lustige Karikatur oder ein kunstvolles Bild: Nehmt euch die Zeit und lasst ein solches Kunstwerk von euch zeichnen. Es wird euch auf Ewig an diesen Urlaub erinnern und findet sicherlich einen schönen Platz in eurer Wohnung.

88. Füße hochlegen

Was eigentlich gar nicht verrückt klingt, ist es doch umso mehr. Die meisten verliebten Paare hetzen in ihrem Urlaub von einem Ort zum nächsten. Doch warum? Ihr seid da, um zu entspannen und an einem anderen Platz in der Welt macht es doch noch viel mehr Spaß. Legt die Füße hoch, kuschelt und genießt euch einfach als ein liebendes Paar. Auch das kann wunderschön und etwas ganz Besonderes sein!

5

Romantik aufleben lassen

Im Alltag kommt sie oft zu kurz, und dennoch braucht sie genauso Pflege, wie eine gute Beziehung.

Auch wenn euch die Zeit fehlt, sollte die Romantik zwischen zwei liebenden Menschen niemals vergessen werden. Aber oft ist der Anfang gar nicht so leicht gefunden und Zweifel kommen auf.

Doch hierbei geht es um die Liebe, und kann dort der Partner überhaupt etwas falsch machen? Nein, das ist kaum möglich.

89. Riesenrad

Auch wenn das nicht jeden Tag möglich ist, solltet ihr es auf einer Kirmes in jedem Fall nicht auslassen. Setzt euch zusammen in eine Gondel und genießt die Fahrt. Seht euch die Stadt von oben an und das im besten Fall auch noch im Dunklen. Lichterschein und ein Ausblick, der begeistert, und ihr seid für ein paar Momente ganz für euch allein. Hier schlagen Herzen höher und es wird ein unvergessliches Erlebnis.

90. Die Nacht einmal anders

Schlaf ist wichtig, aber eine Nacht ohne ist doch auch durchaus eine Option, oder? Zündet Kerzen an und macht es euch so richtig gemütlich im Bett. Redet miteinander, streichelt euch und findet Dinge heraus, die euch vielleicht sogar noch überraschen können. So verbringt ihr eine Nacht auf andere Art und Weise.

91. Baum pflanzen

Es ist etwas, was euch vereint und ihr gemeinsam zum Leben erweckt: Pflanzt in eurem Garten einen Baum und schafft euch so einen Ort, der euch für immer verbinden wird. Wichtig ist dabei, dass ihr es gemeinsam macht und nicht nur einer von euch. Spürt die Verbundenheit schon, wenn der Stamm die Erde berührt und das Loch sich schließt.

92. Kuscheln mal anders

Wann habt ihr das letzte Mal gekuschelt? Wenn es schon lange her ist, dann wird es wirklich höchste Zeit, und wenn nicht, dann könnt ihr auch den Faktor der Zuneigung noch einmal erhöhen. Nehmt euch einfach eine Decke, setzt euch raus auf den Balkon oder in den Garten. Zieht euch warm an, wenn es kalt sein sollte, und rutscht ganz eng zusammen. So bekommt kuscheln noch einmal eine ganz andere Bedeutung.

93. Romantische Musik hören

Auch wenn es einfach klingt: Es fehlt doch viel zu oft die Zeit dazu. Am Tag hören wir durchaus sehr oft Musik, aber sie läuft nur nebenbei. Sich einfach zurückziehen und Klängen lauschen ist kaum möglich, und wie oft geschieht das dann mit dem Partner? Nimm ihn einfach an die Hand und legt gemeinsam eine Platte auf, die euch romantische Klänge näherbringt. Genießt die Zeit und seid einfach nur bei euch!

94. Stern benennen

Die Sterne anzuschauen, wird eure Herzen schon erfüllen. Ihr könnt aber gerne noch einen Schritt weiter gehen und euch einen Stern aussuchen. Gebt ihm einen Namen und schaut ihn euch an, wann immer ihr möchtet. Es gibt heute auch die Möglichkeit, sich dazu eine Art Urkunde ausstellen zu lassen. Dann habt ihr etwas in der Hand, was ihr für euch verwahren könnt. Es ist euer Stern und niemand kann ihn euch nehmen.

95. Planetarium

Sterne sind am Himmel nicht immer zu sehen. Aber müsst ihr deswegen verzichten? Zu einem ganz besonderen Ereignis zählt der Besuch im Planetarium. Hier könnt ihr euch in die Welt der Himmelskörper entführen lassen und verbringt einen Abend, den ihr noch lange im Gedächtnis behalten werdet.

96. Zukunftspläne

Wann nimmt sich ein Paar im Alltag die Zeit, einfach über die Zukunft zu sprechen? Weißt du, was dein Partner sich wünscht, und wo er in ein paar Jahren sein möchte? Setzt euch zusammen hin, seid euch nah und redet über die Dinge, die euch bewegen. Vielleicht entdeckst du so etwas, was du nicht gedacht hättest. Es tut gut, einen Blick in die Zukunft zu werfen, der ganz neue Sichtweisen ans Tageslicht bringen kann.

97. Zeitkapsel

Diese Idee erfordert sehr viel Disziplin, aber zusammen werdet ihr das schon schaffen. Nehmt euch eine kleine Schachtel zur Hand und legt in diese ein paar Dinge, die euch heute wichtig sind. Dann versteckt ihr sie an einem Ort, der nicht leicht zugänglich ist. Vielleicht auf dem Dachboden oder hinter dem Schrank? Nach frühstens fünf Jahren holt ihr sie wieder zusammen heraus und könnt erleben, was euch damals bewegte. Ob es dann noch immer so ist?

98. Schreibt einen Liebesbrief

Sicherlich ist es schon eine Weile her, dass ihr euch einander Briefe geschrieben habt? Dann ist es jetzt an der Zeit, das wieder zu tun. Schreibe auf, was du an deinem Partner liebst, und Gleiches gilt natürlich auch für deine Liebe. Es zu sagen und zu lesen sind zwei ganz unterschiedliche Dinge. Eure Herzen werden höherschlagen und ihr habt Zeilen für die Ewigkeit.

99. Höhle im Wohnzimmer

Kinder bauen sehr oft kleine Höhlen in ihren Zimmern, in denen sie sich verstecken. Doch in jedem Menschen steckt doch irgendwie ein Kind und wenn dies gemeinsam entdeckt werden kann, ist es doch noch viel schöner. Baut gemeinsam eure Höhle mit Decken, Kissen und was ihr sonst noch alles finden könnt, und seid euch nah. Vergesst die Lichterkette nicht, um für ein fahles, aber ausreichendes Licht zu sorgen.

100. Feiern des Jahrestages

Je mehr Zeit vergeht, desto mehr gerät er in Vergessenheit: der Tag, an dem ihr euch das erste Mal gesehen habt. Irgendwann ist der Hochzeitstag wichtig, aber nicht mehr der Tag des ersten Kusses. Lasst ihn nicht in Vergessenheit geraten und feiert ihn so ausgiebig, wie es euch nur möglich ist.

101. Küssen im Regen

Draußen regnet es in Strömen, aber egal! Geht nach draußen, stellt euch mitten in den Hof oder vor die Tür und küsst euch, während der Regen eure Kleider völlig durchnässt. Vielleicht mag euch das in diesem Moment an die typischen Szenen aus romantischen Liebesfilmen erinnern, aber warum nicht einmal selbst zu den Hauptdarstellern werden? Genießt diesen Augenblick, denn er ist nur für euch bestimmt!

102. Bad im Kerzenschein

Was gibt es Schöneres als ein entspannendes Bad? Und wenn es auch noch zu zweit genossen werden kann, ist es doch nahezu perfekt. Verschönert diesen Moment mit Kerzen. Ganz gleich wo: Seid kreativ! Forme ein Herz auf dem Boden, umrahme die Wanne. Es gibt so viele Möglichkeiten. Lasst euch vom Lichtschein einhüllen und genießt.

103. Spaziergang in der Dunkelheit

Die Welt kann bei Nacht ganz anders aussehen und wenn ihr sie gemeinsam erkunden könnt, ist es nochmals etwas ganz anderes. Nehmt euch bei der Hand und macht einen Sparziergang, aber erst dann, wenn die Sonne nicht mehr zu sehen ist. Lasst euch nur von Lichtern oder euren kleinen Taschenlampen führen. Es ist nicht nur spannend, sondern auch mehr als aufregend.

104. Gartenarbeit mal anders

Nicht immer macht die Gartenarbeit Spaß, aber sie muss eben auch gemacht werden. Doch warum diese nicht einfach verschönern? Wenn du das nächste Mal den Rasen mähst, lasse doch einfach ein Herz stehen. Sage deinem Partner nichts, sondern warte einfach, bis es entdeckt wird. Hier bleibt nicht nur ein Herz auf dem Rasen zurück, sondern auch ein schlagendes in der Brust deines Partners, welches nur dir gebührt.

105. Küsst euch nach dem Aufwachen

Dass Paare sich küssen, ist völlig normal. Doch gerade dann, wenn die Beziehung schon ein paar Jahre andauert, werden genau diese Dinge selbstverständlich, bis sie irgendwann „vergessen“ werden. Lasst es nicht dazu kommen und macht aus jedem Morgen etwas Besonderes. Küsse deinen Partner gleich, wenn du aufgewacht bist! Zähne putzen hin oder her: Ihr liebt euch so, wie ihr seid.

106. Luxus-Hotel

In einem Hotel zu übernachten, ist nichts Ungewöhnliches. Aber habt ihr schon einmal eine Nacht in einem richtig romantischen Luxushotel verbracht? Dann ist es jetzt an der Zeit. Eine einzige Übernachtung reicht schon völlig aus, um diese tolle Erfahrung mit nach Hause zu nehmen. Bucht ein Zimmer in einem Hotel in der Nähe und lasst euch so richtig verwöhnen. Romanik auf hohem Niveau und garantiert einmalig.

107. Eine Fahrt durch die Stadt

Autofahren ist nichts besonders, aber in einer Stretch-Limousine? Das kann nun wirklich nicht jeder. Bucht in der nächsten Stadt genau ein solches Gefährt und lasst euch bei einer Flasche Champagner durch die Stadt fahren. Hier gibt es nur euch und einen ganz besonderen Moment.

108. Romantisches Buch vorlesen

Auch wenn das für dich jetzt seltsam klingen mag, ist es in jedem Fall eine Reise wert. Wenn du gerne liest, dann übernimm selbst den Part. Oder vielleicht möchte dein Partner dich auch lesen hören oder umgedreht? Wie dem auch sei: Ihr werdet auf diese Weise eine Erfahrung machen, die ihr so ganz sicher noch nie geteilt habt. Rutscht ganz eng zusammen und entschwindet in eine neue Welt.

109. Sterne

Wann habt ihr das letzte Mal die Sterne beobachtet? Es ist ein unvergleichliches Erlebnis und die Zeit nehmen sich Paare viel zu selten. Nehmt euch eine Decke, setzt euch nach draußen und schaut in den sternenklaren Himmel. Es ist ein wundervoller Moment, denn hier gibt es nur euch und das Glitzern über euch.

110. Ängste überwinden

Auch wenn du hier im ersten Moment nichts Romantisches, sondern nur Erschreckendes entdecken kannst, ist es wohl der größte Liebesbeweis, den es gibt. Stehe zusammen mit deinem Partner die Situation durch, die ihm Angst macht. Zusammen seid ihr stark und beweist euch eure Liebe einmal mehr. Es lohnt sich!

111. Kindheitstraum

Hat dein Partner einen Traum, den er sich bis heute nicht erfüllen konnte? Wenn es dir möglich ist, versuche dich in der Umsetzung. Es gibt wohl kaum etwas Schöneres, als einem anderen Menschen einen Traum zu erfüllen und diesen dann gemeinsam zu leben. Es schweißt euch noch mehr zusammen und ihr teilt eine Erinnerung, die euch beide nicht mehr loslässt.

112. Aus mit der Technik

Sicherlich kennt ihr es auch. Hier ein Blick auf das Handy und dort schnell die Mails checken. All das raubt unheimlich viel Zeit, die euch wiederum fehlt. Schaltet jegliche Technik aus und genießt den Tag, so wie er ist. Seid nur füreinander da, geht nach draußen, sucht einen schönen Platz auf der Wiese. Es gibt so viele Möglichkeiten und ihr könnt euch dabei ganz neu entdecken.

113. Warum ich dich liebe

Das habt ihr sicherlich noch nicht gemacht! Im Alltag geht oft das „Warum“ verloren. Schreibt auf, was ihr an eurem Partner liebt und lest diese Liste dann vor. Hier sind Überraschungen und Tränen garantiert. Zwar weiß der Partner, dass du ihn liebst, aber es noch einmal auf diese Art und Weise zu hören, ist etwas ganz anderes.

114. Geburtsort besuchen

Weißt du, wo dein Partner herkommt? Sicherlich kennst du den Namen des Ortes, aber wenn du noch nicht dort warst, kann das eine sehr schöne Begegnung sein. Sucht diesen Ort gemeinsam auf, streift nachts durch die Straßen... lass dich einfach in die Welt deiner Liebe entführen!

6

Abenteuerliche Momente

Die Welt steckt voller Überraschungen und nun ist es an der Zeit, diese gemeinsam zu erleben. Viel zu oft sind wir im Alltagstrott gefangen. Brecht aus und erlebt etwas, was ihr so nie für möglich gehalten hättet.

Das große Abenteuer wartet überall und kann sich auch schon in den kleinen Dingen verstecken. Es ist das, was ihr nur selten erlebt, was euch glücklich macht und ein Kribbeln durch euren ganzen Körper jagt.

115. Autofahren

Natürlich muss hier bedacht werden, dass dieser Tipp nur für Paare bestimmt ist, bei denen eine Person nicht regelmäßig fährt. Doch warum? Setzt euch zusammen ins Auto und versucht es doch einfach. Es mag einfach klingen, aber das Adrenalin in euren beiden Körpern ist nicht zu unterschätzen. Aber bitte nicht auf der öffentlichen Straße, wenn die letzte Fahrt schon sehr lange her ist. Hier werden Ängste überwunden und ein Gefühl der Sicherheit kommt auf.

116. Labyrinth

Es ist ein Abenteuer, welches eure Teamfähigkeit und Ausdauer unter Beweis stellt. Heute ist das Labyrinth im Freizeitpark keine Seltenheit mehr. Scheut euch nicht, es auszuprobieren. Seid erfinderisch und findet zusammen den Ausgang. Doch habt keine Angst. Selbst wenn ihr nicht mehr herausfinden solltet, gibt es in jedem Labyrinth einen Ausweg. Aber ihr werdet es schon schaffen und am Ende könnt ihr richtig stolz auf euch sein!

117. Seilbahn

Seid ihr schon einmal mit der Seilbahn gefahren? Natürlich ist diese nicht überall zu finden, aber wenn ihr könnt, habt keine Angst und fahrt mit ihr die Berge hinauf. Völlig egal, ob Skigebiet oder sommerliche Berglandschaft. Es ist ein Erlebnis, dass niemals mehr in Vergessenheit gerät.

118. Einfach nur Adrenalin

Sucht einen Tag für euch und findet euch im puren Nervenkitzel wieder. Ganz gleich was es ist: Fahrt Achterbahn oder sonstiges. Ganz bestimmt wird euch etwas einfallen. Hauptsache ihr seid zusammen und könnt gemeinsam das Adrenalin spüren.

119. Geisterhotel

Angsthase oder nicht: Die Nacht in einem Geisterhotel ist ein absolutes Muss. Wer sich allein nicht traut, muss auch nicht. Bei euch ist es anders, denn ihr seid zu zweit. Bucht euch ein Zimmer und lasst euch in eine gruselige Welt entführen. Und wer weiß, vielleicht entdeckst du neue Kräfte in dir und dein mutiger Partner ist auf einmal ganz leise? Findet es heraus und schlaft gut!

120. Unterwasserhotel

Sie sind selten, aber doch vorhanden. Schaut euch um und lasst euch diese Gelegenheit in keinem Fall entgehen. Die Übernachtung in einem Unterwasserhotel ist ein großes Abenteuer mit absolutem Seltenheitswert. Und wer weiß: Wenn ihr einmal dort wart, werdet ihr vielleicht auch ein zweites Mal auf einen Besuch vorbeikommen.

121. Burgbesichtigung

Auch die Besichtigung einer Burg kann etwas sehr Aufregendes für Paare sein. Hier taucht ihr in eine andere Welt ein und könnt euch in Zeiten zurückversetzen, als es noch Könige und Königinnen gab. Ein schöner Tag inmitten einer romantischen Burg liegt vor euch, den ihr sicherlich so schnell nicht mehr vergessen werdet.

122. Romeo und Julia

Es ist wohl die schönste Liebesgeschichte aller Zeiten, auch wenn ihr Ende mehr als tragisch ist.

Entdeckt die Orte, an denen die Geschichte von Romeo und Julia lebendig wird. Taucht ein in eine Zeit der großen Liebe, der Wut und der Sehnsucht. Dieser Ausflug wird euch für immer im Gedächtnis bleiben.

123. Roadtrip

Einfach fahren, ohne ein bestimmtes Ziel! Wie oft habt ihr daran gedacht und es dann doch nicht getan? Sicherheit ist etwas sehr Wichtiges im Leben. Aber diese habt ihr doch im Gepäck: Ihr habt euch! Nehmt eure Sachen und fahrt einfach los. Erkundet die Umgebung, wo immer ihr auch seid und entdeckt Unerwartetes.

124. Den Canyon besteigen

Auch wenn das für dich unmöglich scheint: Wenn ihr ihn nicht erklimmen wollt, dann besucht ihn einfach. Der Ausblick wird euch für ewig in Erinnerung bleiben und es ist etwas, was jeder Mensch gesehen haben sollte. Es ist atemberaubend und wer weiß: Vielleicht habt ihr doch den Mut, und wagt euch nach oben?

125. Von einer Klippe springen

Hier ist es aber wichtig, dass sie nicht zu hoch ist. Aber wenn sie in der Nähe ist und ihr zusammen: Springt hinunter in das kühle Nass und genießt den Fall, wie ihr ihn noch nie erlebt habt (wichtig ist natürlich, dass der Sprung auch wirklich sicher ist).

126. Go-Kart fahren

Sicherlich kennst du auch die kleinen Autos, die wie ein Blitz über die Rennstrecke toben. Nimm deinen Schatz mit und versucht es selbst. Zusammen macht es noch viel mehr Spaß. Spürt den Adrenalinrausch und begebt euch auf eine abenteuerliche Fahrt, die garantiert für Herzrasen sorgt.

127. Ein Flug

Völlig egal, ob Flugzeug oder Hubschrauber: Jeder Mensch sollte im Leben einmal die Welt von oben gesehen haben und zusammen mit deinem Partner wird es ein unvergessliches Erlebnis werden. Seht die Welt, wie ihr sie noch nie wahrgenommen habt und genießt den Moment.

128. Leuchtturm

Wenn ihr an der Nordsee unterwegs sein solltet, schlaft eine Nacht in einem Leuchtturm. Derlei Angebote gibt es durchaus, ihr müsst sie nur finden. Es wird eine atemberaubende Nacht sein, die ihr so schnell nicht mehr vergesst.

129. Kletterwald

Wart ihr schon einmal zusammen im Kletterwald? Wenn nicht, dann solltet ihr das in jedem Fall versuchen. Auch hier kommt es sehr auf Vertrauen an, besonders dann, wenn der Abstand zur Erde immer größer wird. Traut euch und macht zusammen einen Ausflug in luftige Höhen.

130. Heißluftballon

Verweilen wir noch kurz bei den luftigen Höhen. Eine Fahrt mit dem Heißluftballon ist nicht nur etwas Besonderes, sondern auch ein großartiges Ereignis. Steigt zusammen auf und fühlt euch dem Himmel so verbunden wie noch nie! Ihr werdet diesen Ausflug nie mehr vergessen.

131. Einem Tier helfen

Ganz gleich ob Hund, Katze, Meerschwein oder Fisch: Unzählige Tiere suchen ein Zuhause und können das Leben eines Menschen völlig verändern. Das ist nicht nur ein einmaliges Abenteuer, sondern sorgt für einen ganz neuen Alltag. Seid ihr dafür bereit? Denkt darüber nach, ob ihr es euch zutraut, und schenkt einem Tier ein Zuhause. Welches es ist, spielt keine Rolle! Wichtig ist, dass es zu eurem Leben passt.

132. Einmal im Fernsehen

Es gibt unzählige Sendungen im TV, die jeden Tag zu sehen sind. Wieso nicht einmal in einer solchen Show dabei sein – ganz gleich, ob als Kandidat oder Zuschauer! Bewerbt euch oder kauft euch Tickets und erlebt etwas Unvergessliches und Spannendes.

133. Die Wohnung umgestalten

Was einfach klingt, kann alles verändern! Wann habt ihr das letzte Mal eure Wohnung umgestaltet? Vielleicht zuletzt nach der letzten Renovierung, und diese liegt schon Jahre zurück. Dann macht es doch einfach jetzt! Dekoriert und gestaltet um, wie es euch gefällt. Dafür gibt es keinen festen Termin und ihr könnt zusammen werkeln und schrauben. Am Ende habt ihr etwas gemeinsam geschafft und es macht auch noch großen Spaß.

134. Ein Buch schreiben

Wenn ihr selber Kinder habt, wird es euch vielleicht gar nicht so schwerfallen. Aber auch wenn nicht, ist es nicht unmöglich! Macht andere Kinder glücklich und schreibt ein Buch! Begebt euch auf Abenteuerreise und erfindet eine neue Welt. Taucht ein und zaubert ein Lächeln auf die Gesichter der ganz Kleinen. Vielleicht wird es nicht euer letztes Werk sein!

135. Surfen

Ein Ritt auf den Wellen ist ohne Zweifel ein absolutes Abenteuer. Allein fehlt einem oft der Mut, aber zu zweit sieht es schon anders aus. Nehmt bei eurem nächsten Urlaub am Meer unbedingt eine Surfstunde und überzeugt euch selbst. Überwindet eure Furcht und spürt die Wellen unter euch. Davon werdet ihr noch lange träumen.

136. Wahrsagerin

Ob ihr nun daran glaubt oder nicht, einen Versuch ist es in jedem Fall wert: Besucht eine Wahrsagerin und lasst euch von ihr die Zukunft voraussagen. Es sorgt für Nervenkitzel, das ist völlig sicher. Und was ihr aus eurer Weissagung macht, bleibt immer noch ganz euch überlassen. Na, habt ihr den Mut?

137. Der eigene Liebesfilm

Definitiv aufregend und ein absolutes Abenteuer: Nehmt all euren Mut zusammen und dreht, nur für euch, euren eigenen Liebesfilm. Vielleicht habt ihr noch einen Freund, der helfen kann. Zeichnet das auf, was euch bewegt und schlüpft in unterschiedliche Rollen. Das schweißt euch für immer zusammen.

138. Fallschirmspringen

Ihr möchtet ganz hoch hinaus und einfach fliegen? Dann bucht direkt euren Fallschirmsprung. Zusammen macht es noch mehr Spaß und ihr könnt euch gegenseitig Mut machen, wenn dieser kurz vor dem Absprung doch noch versiegt. Lasst euch fallen und fühlt etwas Atemberaubendes.

7

Das richtige Date

Nicht immer ist das große Glück schon gefunden und vielleicht bist auch du noch auf der Suche. Oder du hast den Menschen, mit dem du dein Leben verbringen möchtest, schon gefunden, nur weißt du nicht, wo ihr euch treffen könnt. Ganz gleich, ob erstes Date oder nächstes Treffen:

Es gibt sehr viele Möglichkeiten, die ganz oben auf deiner Liste stehen sollten und die sich immer für ein Date lohnen. Auch wenn ihr euch schon mehrere Male getroffen habt. Lass dich inspirieren.

139. In deiner Stadt

Hier kennst du dich aus und kannst deinem Date die schönsten Orte zeigen. Du kannst mit deinem Wissen überzeugen, in ein hübsches Café einladen und den richtigen Moment für den ersten Kuss abpassen. Vielleicht vor einer schönen Sehenswürdigkeit? Es ist die Stadt, in der du lebst und du kennst dich hier am besten aus.

140. Das Event

Aber natürlich eignet sich für ein Date auch ein Event. Sei es nun ein Konzert, ein Volksfest oder eine ähnliche Veranstaltung. Hier wird dir vielleicht ein Stück weit die Anspannung genommen. Ganz gleich, für was du dich entscheidest: Es bleibt ein besonderes Fest, weil du es mit deinem Herzblatt erleben durftest.

141. Kneipentour

Welches Paar kann schon behaupten, dass das erste Date in einer Kneipentour mündete? Sicherlich nicht jedes und damit wird es auch schon zu etwas ganz Besonderem. Hierbei geht es natürlich nicht darum, wer am meisten trinken kann, sondern vielmehr, dass du die schönen und angenehmen Bars präsentieren kannst. Habe nur Mut und der Abend wir unvergesslich.

142. Karaoke

Bleiben wir noch einmal beim Thema Bar. Etwas durchweg Besonderes ist das erste Treffen in der Karaokebar. Sicherlich kostet es ein wenig Überwindung, und wer nicht singen möchte, muss es auch nicht. Aber ihr werdet diesen Abend so schnell nicht vergessen. Und wer weiß: Vielleicht kommt ihr euch beim Singen (wenn ihr euch dafür entscheidet) sogar näher?

143. Streichelzoo

Auch wenn das für dich jetzt seltsam klingt, kannst du damit das Herz einer Frau erobern. Kleine Tiere sind immer süß und so wird auch deine Herzdame ganz sicher ihr Herz verlieren... aber nicht nur an das kleine Tier. Ganz oben auf deiner Liste und immer einen Versuch wert, wenn das Wetter passt.

144. Flohmarkt bei Nacht

Ein Flohmarkt ist vielleicht nicht unbedingt etwas so Besonderes, um dort ein Date stattfinden zu lassen. Anders sieht es allerdings beim Nachtflohmarkt aus. Auch diese finden regelmäßig statt und werden euch auf ganz neue Art und Weise begeistern. Schlendert in der Dunkelheit an den Ständen vorbei und vielleicht findet ihr etwas, was euch noch lange an diesen Abend erinnern wird.

145. Bauernhof

Wenn der Streichelzoo nicht reicht, warum nicht gleich auf dem Bauernhof treffen? Es klingt ungewöhnlich, aber wenn dein Schwarm Tiere liebt, machst du damit auf keinen Fall etwas falsch. Du zeigst Interesse für dein Gegenüber und kannst inmitten der felligen Freunde auch sehr schnell deine Nervosität ein Stück fallen lassen. Genießt einen schönen Tag und was sich ergibt, wird sich mit der Zeit schon zeigen. Hier habt ihr in jedem Fall eine sehr idyllische Umgebung, die alles möglich macht.

146. Günstig Essen im teuren Lokal

Hiermit triffst du bei einem Date ganz sicher ins Schwarze. Wer sagt denn, dass ihr nicht zusammen in ein teures Lokal gehen könnt? Die Frage ist, wie du es machst. Trinkt dort etwas und esst ein Dessert. Süß geht immer und du kannst voll und ganz überzeugen. Ohne Zweifel etwas ganz Besonderes.

147. Billard

Ganz sicher ungewöhnlich, aber warum nicht? Bewegung ist immer gut und so wird es dir und deinem Date gar nicht so leichtfallen, nervös zu sein. Wenn die Gegenseite überhaupt kein Interesse für Billard hat, ist es natürlich schwierig, aber das findest du dann schon heraus. Sollte es gut ankommen, macht euch einen schönen Abend und versenkt gemeinsam alle Kugeln.

148. Kaufen und Kochen

Mit dieser Variante hast du sicherlich das meiste Glück, wenn ihr euch schon einmal getroffen habt. Suche ein gutes Rezept heraus und geht zusammen einkaufen und kocht dann gemeinsam. Dabei könnt ihr euch sehr schnell nahekommen und Liebe geht bekanntlich auch durch den Magen. Lasst es euch schmecken!

149. Picknick mal anders

Wenn du dein Date mit einem besonderen Picknick überraschen willst, versuche es einfach so: Geht zusammen einkaufen und besorgt euch dort einen Einweggrill und alles, was ihr braucht. Die Decke solltest du natürlich schon dabeihaben. So macht ihr euch einen gemütlichen Grill-Abend der besonderen Art. Nimm ruhig noch eine Frisbee mit, um für richtig Spaß und gute Laune zu sorgen.

150. Storytelling

Vielleicht hast du noch nicht davon gehört, aber es ist eine super Gelegenheit, neue Menschen kennenzulernen. Hier treffen sich fremde Menschen und erzählen sich Geschichten aus ihrem Leben. Hier kannst du beeindrucken und auch deinen Schwarm recht schnell von dir überzeugen. Wage einen Versuch!

151. Spielenachmittag

Sicherlich werdet ihr jetzt schmunzeln, aber warum kann ein Date nicht auch bei einem Spiel stattfinden? Wenn dein Schwarm derlei Beschäftigungen liebt, ist es genau die richtige Möglichkeit, um sich noch näher zu kommen. Ihr könnt euch unterhalten und versinkt nebenbei in dieser Welt vor euch. Und wer weiß: Ein paar Annäherungen hier und da, und das Eis ist gebrochen.

152. Radtour

Ist es mehr als ungewöhnlich und neu, sich bei deinem ersten Date zu einer Radtour zu verabreden? Natürlich solltest du erst einmal nachfragen, wie dein Schwarm zum Fahrradfahren steht. Sollte es kein Problem sein, nutze ruhig diese Möglichkeit. Fahrt an einen See, suche einen Aussichtspunkt oder ein Café aus: Hier kommt garantiert gute Stimmung auf.

153. Bowling

Wenn ihr es sportlich liebt, ist auch Bowling eine sehr gute Alternative. Hier bleibt ihr wieder in Bewegung und habt garantiert gute Laune. Es spielt dabei eigentlich keine Rolle, ob du gut oder schlecht bist: Es läuft meist gute Musik und ihr habt alle Zeit der Welt. Lasst ein paar Kugeln rollen und kommt euch langsam näher.

154. Tanzkurs

Nicht erschrecken: Hierbei handelt es sich natürlich nur um ein Probetraining. Höre dich in den Tanzschulen deiner Stadt um. In den meisten Fällen wird dort ein solches Training angeboten und diese Stunde ist natürlich kostenlos. Es geht nicht darum, dass ihr euch dort auf einem festen Plan eintragt. Nur zum Spaß! Wählt einen Tanz voller Spannung, wie z.B. Salsa, und eine erotische Stimmung ist garantiert.

155. Ausflug ins Schwimmbad

Außergewöhnlich und gewagt, kann aber ein absoluter Volltreffer werden. Sei aber vorsichtig, besonders Frauen gehen hier behutsam vor! Aber wenn ihr euch einig seid, kann es ein unvergesslicher Nachmittag werden und ihr könnt beide schon ein wenig mehr voneinander sehen.

156. Wakeboarding

Wenn du nicht weißt, was es ist, dann wird es höchste Zeit. Du kannst es auch mit Snowboarden auf dem Wasser vergleichen. Falls du es schon kennst, lade deinen Schwarm ein und teilt gemeinsam diese Erfahrung. Auch wenn du es noch nicht gemacht hast, spielt das keine Rolle! Fühlt die Wellen unter euch und ihr habt für immer eine einzigartige Verbindung geschaffen.

157. Tretboot

Auch das ist für ein erstes Date besonders gut geeignet. Ihr sitzt nebeneinander, könnt das Wasser um euch herum genießen und habt jede Menge Zeit. Nebenbei müsst ihr nur ein wenig strampeln, damit sich das Boot auch bewegt. Entführe deinen Schwarm hierher. Du kannst es natürlich auch noch beim zweiten oder dritten Date wagen. Ein Punkt, den du auf keinen Fall auslassen solltest.

158. Dampferfahrt

Wenn du aber nicht so sehr für das Treten zu begeistern bist und lieber entspannt den Blick aufs Wasser genießt, eignet sich auch eine Dampferpfad hervorragend. Ihr könnt in aller Ruhe die Wellen betrachten, den Wind im Haar genießen und euch näher kennenlernen. Vielleicht ergibt sich hier eine Situation, mit der niemand gerechnet hätte? Dieser Ort bietet in jedem Fall ausreichend Spielraum dafür.

159. Essen in der Dunkelheit

Vielleicht hast du schon einmal vom sogenannten „Dinner in the Dark“ gehört. Hier seid ihr beide in einem dunklen Raum. Ihr seht die Hand vor Augen nicht und seid nur auf eure Sinne angewiesen! Keine Angst: Das Essen ist super und hat Sterneniveau. Hier braucht es Vertrauen und das könnt ihr auf diese Weise schaffen! Ein spannender Abend liegt vor euch.

160. Einen richtig schlechten Film schauen

Was verrückt klingt, schafft euch sehr viel Zeit für Berührungen und Gespräche. Denn wäre der Film gut, hättet ihr nur Augen dafür. Probiere es aus und du wirst deine „schlechte“ Auswahl im DVD-Player nicht bereuen.

161. Urlaubsdate

Vielleicht besteht eure Beziehung schon eine Weile und ihr möchtet in alten Erinnerungen schwelgen? Wenn ihr schon einmal im Urlaub wart, auch wenn es nur ein kurzer Trip war, kehrt für einen Nachmittag dorthin zurück. Kocht die Gerichte nach, schaut euch Fotos oder vielleicht auch einen Film aus dieser Region an. Seid kreativ. Und wer weiß, vielleicht wird es nicht eure letzte gemeinsame Reise gewesen sein! Eines ist jetzt schon sicher: Sie ist unvergesslich für euch.

8

Lustige Augenblicke

Lachen ist gesund! Soviel ist schon einmal klar. Auch in einer guten Beziehung sollte es natürlich nicht fehlen. Wie ist das bei euch? Wann habt ihr das letzte Mal so richtig herzlich miteinander gelacht? Sollte es schon lange her sein, wird es höchste Zeit, und auch wenn nicht, so lacht ihr einmal mehr – das kann in jedem Fall auch nicht schaden!

Momente, in denen ihr genau das tun könnt, davon gibt es recht viele. Aber manchmal können wir sie nicht sehen und dabei stellt sich auch noch die Frage, welche sich wirklich lohnen. Diese Ideen werden euch schnell überzeugen und euch vielleicht sogar zeigen, dass wir doch viel zu selten lachen.

In diesem Sinne: Viel Spaß!

162. Kissenschlacht

Auch wenn es jetzt wenig abenteuerlich klingt, kann es das durchaus werden. Fühlt euch noch einmal wie Kinder und lasst so richtig die Federn fliegen. Genießt das wilde Umherfliegen der Federn und denkt in diesem Moment einmal nicht ans Aufräumen, auch wenn es unvermeidlich sein wird. Es macht richtig Spaß und am Ende könnt ihr euch sogar noch sehr nah kommen… so zwischen all den Federn!

163. Kartenhaus

Wer hat wohl die ruhigeren Hände? Hier könnt ihr beide euch beweisen oder euch auch gegenseitig helfen. Wie ihr vorankommt, spielt keine Rolle, aber lustig wird es ohnehin, wenn ein kurzes Pusten schon ausreicht, um alles wieder zum Einsturz zu bringen. Zeigt Ausdauer und habt dabei eine Menge Spaß.

164. Partnerlook

Ihr kennt es bestimmt von Zwillingen. Je kleiner sie sind, desto öfter werden sie auch immer in den gleichen Sachen gesichtet. Das sieht süß aus, aber im Erwachsenenalter ist das dann wiederum eher selten der Fall. Was ist mit euch? Versucht doch auch einmal, in eine solche Rolle zu schlüpfen. Aber nicht, weil ihr Zwillinge sein wollt, sondern weil ihr euch so sehr liebt. Findet Sachen, die genau gleich aussehen oder sich zumindest ähneln. Ein karierter Pullover und Jeans reichen dabei schon völlig aus. Lasst euch auf dieses Experiment ein und geht anschließend gemeinsam raus.

165. Mit Sachen baden

Das klingt einfach – ist es auch! Vorausgesetzt ihr findet eine geeignete Badestelle. Denkt nicht lange darüber nach, nehmt euch bei den Händen und springt einfach in das kühle Nass. Es wird eine ganz neue Erfahrung für euch sein, die euch ganz sicher zum Lachen bringt. Umziehen könnt ihr euch später immer noch!

166. Trampolin

Vielleicht habt ihr in eurer Nähe einen Trampolinpark? Dieser lustige Zeitvertreib ist schon lange nichts mehr nur für die ganz Kleinen. Ihr werdet dort Trampolins sehen, bei denen auch ihr überlegt, ob ihr es wirklich wagen wollt. Verbringt einen lustigen Tag voller Höhenflüge und Sprünge. Es wird vielleicht nicht der letzte Ausflug in diesen ganz besonderen Park sein. Fühlt euch frei und „fliegt".

167. Du frisierst und er schminkt

Einfach, weil es umgekehrt wohl nicht ganz so gut funktionieren würde: Lass dich von deinem Partner schminken und im Gegenzug darfst du ihm die Haare frisieren. Achtet aber bitte auf die Vorstellungen des anderen, denn es geht hier zwar um den lustigen Aspekt, aber nicht darum, etwas Peinliches zu kreieren. Habt Vertrauen und alles wird gut gehen. Und wenn es wirklich nicht klappt: Haare wachsen nach und Make-up lässt sich leicht entfernen.

168. Fotos in der Fotokabine

Diese Kabinen sind recht oft in Bahnhöfen zu finden und bieten gerade so Platz für eine Person! Ach, na und: Zu zweit geht es auch! Setzt euch zusammen in eine solche Kabine und macht Fotos, die alberner nicht sein könnten. Schon der beengte Platz wird ein vernünftiges Foto unmöglich machen.

169. Schlammbad

Auch wenn du jetzt sofort sagst, dass es absolut nicht in Frage kommt, lohnt sich der Gedanke und der Versuch in jedem Fall. Schon damit ihr wisst, wie es sich anfühlt. Habt nur Mut. In vielen Wellnesseinrichtungen zählt es sogar zu den Entspannungsprogrammen. Was kann also falsch daran sein. Lustig ist es auf jeden Fall!

170. Ein Bild

Dass es schön sein kann, ein Bild von euch zeichnen zu lassen, habt ihr vielleicht schon herausgefunden. Aber wie sieht es mit einem Bild von dir für deinen Partner und umgedreht aus? Ihr müsst keine großen Künstler sein, der Gedanke ist viel wichtiger und die Freude des Anderen ist mehr als sicher. Dieses Werk findet dann sicher einen festen Platz in eurer Wohnung. Viel Spaß beim Zeichnen.

171. Im Auto übernachten

Auch wenn sich dieser Punkt nicht zu hundert Prozent sortieren lässt: Lustig wird es in jedem Fall! Aber auch abenteuerlich und je nach Paar sicher neuartig. Lasst euch von der Unbequemlichkeit nicht stören und schlaft eine Nacht im Auto.

Fühlt euch noch einmal wie sechzehn, auch wenn am nächsten Morgen der Rücken schmerzt.

172. Etwas Peinliches machen

Sicherlich warst du schon einmal in einer Situation, bei der du dich am liebsten in Luft aufgelöst hättest. Aber wie du weißt, geht das leider nicht. Steht doch stattdessen zusammen einen solchen Moment durch. Ob nun zufällig oder geplant, spielt dabei keine Rolle. Wenn ihr zusammen seid, wird es euch gleich gar nicht mehr so schlimm vorkommen und ihr könnt euch gegenseitig stärken. Sei es, im Lokal einen Kaffee umzustoßen oder versehentlich zu vergessen, die Rechnung zu bezahlen.

173. Sprungbrett

Seid ihr schon einmal von einem Sprungbrett ins Wasser gesprungen? Ganz gleich ob drei, fünf oder zehn Meter. Wenn ihr es gemeinsam wagt, habt ihr mehr Mut und es macht auch bedeutend mehr Spaß. Nehmt euch an den Händen und genießt das Gefühl des freien Falls, was schon bei drei Metern wunderbar sein kann.

174. Geld zurückverlangen (Kino)

Natürlich kommt es hier auch sehr auf den Kassierer an, aber fragen kostet nichts. Nachdem die Kinovorstellung vorbei ist, geht an die Kasse und bittet den Kassierer darum, das Geld erstattet zu bekommen. Warum? Der Film hat euch nicht gefallen! Wenn ihr Glück habt, lacht der Kassierer mit und wenn nicht, dann hattet wenigstens ihr euren Spaß.

175. Hügel

Auch wenn es wie eine Erinnerung aus Kindertagen klingt, macht es im Erwachsenenalter noch genauso viel Spaß! Rollt einen Hügel herunter! Auch heute macht es noch Spaß und am Ende werdet ihr beide herzlich über diese Verrücktheit lachen.

176. Markt

Vielleicht habt ihr in eurer Nähe einen Markttag. Wenn dem so ist, dann geht zusammen dort hin und kauft Dinge, die ihr nicht kennt und normalerweise auf keinen Fall kaufen würdet. Zu Hause probiert ihr diese dann zusammen aus und könnt vielleicht noch sehr viel dabei lernen. Aber völlig gleich, ob es schmeckt oder nicht: Spaß habt ihr in jedem Fall.

177. Zusammen etwas bauen

Es wird euch für immer an diesen Tag erinnern. Setzt euch zusammen und baut ein Möbelstück nur für euch. Es kommt nicht auf das handwerkliche Geschick an, sondern lediglich darauf, dass ihr jede Menge Spaß haben werdet. Wenn es am Ende nicht stehen kann, spielt das keine Rolle. Und wenn doch, ist das umso besser! Habt Spaß dabei!

178. Cocktails ohne Plan

Bei diesem Tipp verhält es sich ähnlich. Mixt nach Herzenslust eure Getränke zusammen. Mit oder ohne Alkohol spielt hier keine Rolle, denn lustig wird es auf jeden Fall. Wer weiß, was für gute Kreationen ihr zaubert. Vielleicht versteckt sich unter ihnen das Partygetränk schlechthin und einer von euch stellt sich als ein wahrer Meister des Mixens heraus.

179. Hotel in der eigenen Stadt

Seid ihr jemals auf den Gedanken gekommen, in einem Hotel in eurer eigenen Stadt zu übernachten? Eigentlich ergibt das keinen Sinn. Oder doch? Schlaft eine Nacht in einem solchen Hotel und fühlt euch wie Touristen in der eigenen Heimat.

180. Puzzle

Auch diese Idee ist simpel, aber warum muss es auch immer kompliziert sein. Kauft euch ein Puzzle, am besten gleich eines mit tausend Teilen, und fangt an. Ihr werdet schnell feststellen, dass ihr mehr als einmal lachen müsst. Was als Kind für pure Konzentration sorgte, birgt für ein Paar den puren Spielspaß. Es wird aber leider viel zu selten gemacht, oder wann hast du mit deinem Partner das letzte Mal gepuzzelt?

181. Billigflug buchen

Auch wenn diese Idee sehr viel Mut und vielleicht auch Zeit erfordert, werdet ihr noch lange daran denken. Geht zum nächsten Flughafen und bucht den billigsten Last Minute-Flug. Die Wahrscheinlichkeit, dass ihr das Land verlasst, ist mehr als gering, aber das ist vielleicht auch gut so. Bucht, steigt ein und fliegt einfach los!

182. Gegenseitige Fußmassage

Hier kommt mindestens einer nicht ohne trockene Auge davon. Wenn dein Partner besonders kitzelig ist, solltest du ihm den Vortritt lassen. Füße wegziehen gilt nicht: Durchhalten ist angesagt und Lachen garantiert.

183. Modenschau

Erinnerst du dich noch an deine Kinderzeit, in der du vielleicht in die Sachen deiner Eltern geschlüpft bist? Nur weil ihr jetzt Erwachsene seid, heißt das noch lange nicht, dass ihr das nicht noch immer tun könnt. Zieht euch total verrückt an und macht Fotos von euch. Ihr werdet noch lange über das Ergebnis lachen können und es wird nicht die letzte Modenschau gewesen sein.

184. Karaoke zu Hause

Auch wenn ihr nicht singen könnt: Was spielt das schon für eine Rolle! Nehmt euch das Mikrofon und singt so laut und schief, wie es nur geht. Es hört niemand außer deinem Partner, und der liebt dich so, wie du bist. Ganz gleich, ob romantisch oder richtig rockig! Alles ist klasse, wenn du es wagst.

185. Kalte Dusche zu zweit

Lustig oder nicht – hier mögen sich die Geister scheiden, aber spätestens, wenn ihr wieder abgetrocknet seid, wird es eine lustige Erinnerung sein. Stellt euch beide unter die Dusche und dreht nur das kalte Wasser auf. Mal sehen, wer zuerst schreit und es nicht mehr aushält!

186. Film synchronisieren

Das können nur die richtigen Profis? Auch ihr schafft das mit Leichtigkeit und es macht richtig Spaß! Dafür braucht ihr nur einen Film, den ihr richtig gut kennt und eine Fernbedienung. Dreht den Ton herunter und sprecht einfach drauf los. Sicherlich werdet ihr hier mehr als einmal den Faden verlieren, aber der Spaß ist ganz sicher auf eurer Seite.

187. Im Dunkeln verstecken

Was wie ein Kinderspiel klingt, kann durchaus spannend, besonders und überaus lustig sein. Schaltet das Licht aus und sucht den jeweils anderen. Ihr werdet öfter Dinge entdecken, die ihr so nicht kennt und über ein altes Kinderspiel lachen, dass ihr vielleicht schon lange vergessen habt. Aber bitte langsam gehen und nicht rennen!

188. „Ich habe noch nie…"

Kennst du dieses Spiel? Dann wird es langsam Zeit! Es ist ganz einfach: Du sagst deinem Partner etwas, was du noch nie gemacht hast. Dabei gibt es keine Tabus! Dann muss er ehrlich zu dir sagen, ob er das schon einmal gemacht hat. Hierbei treten spannende Tatsachen zu Tage, aber natürlich auch Geschehnisse, die euch zum Lachen bringen. So hast du deinen Partner noch nie erlebt!

189. Verrückte Bilder

Schöne Bilder zu verschicken ist doch ganz leicht! Habt ihr euch auch schon alberne Bilder von euch geschickt? Wenn nicht, dass solltet ihr das in jedem Fall versuchen. Es gibt nichts, was peinlich ist: Knippst einfach drauf los, verzieht das Gesicht und posiert nach euren Vorstellungen. Hauptsache, es ist lustig!

190. Einfach lachen

Lachen kann so einfach sein. Es braucht nicht immer komplizierte Ideen und Tipps. Wenn du etwas lustig findest, dann lache einfach frei heraus und schmunzle nicht nur. Es ist schön, wenn du glücklich bist, und wenn dein Partner das mit dir teilen kann, ist es noch viel schöner. Lache einfach aus vollem Herzen! Ein wichtiger Punkt, der auf keiner Liste fehlen sollte, da er leider viel zu oft in Vergessenheit gerät.

9

Erotische Versuchungen

Liebe ohne Erotik? Das ist wohl kaum möglich. Auch wenn dies nicht bei jedem Paar den gleichen Stellenwert hat, ist es dennoch aus keiner Beziehung wegzudenken. Am Anfang ist dieses Gefühl noch präsenter denn je, aber wenn die Jahre vergehen und der Alltag einzieht, ist es oft nicht mehr so greifbar. Doch das heißt noch nicht, dass es für immer so sein muss. Mit diesen Ideen verleiht ihr eurem Liebesleben wieder neuen Schwung! Habt nur Mut und entdeckt etwas ganz Neues.

Lernt eine Seite des Partners kennen, die ihr vielleicht nach vielen Jahren Beziehung noch nicht entdeckt habt. Und wer weiß: Vielleicht gefällt sie euch sogar und ihr könnt endlich verborgene Leidenschaften miteinander teilen.

191. Sexy Fotos

Auch mit dieser kleinen Idee kannst du schon sehr viel bewirken. Zieht euch so richtig sexy an und macht Fotos voneinander. Gib den Blick auf deine Reize frei und mache deinem Partner klar, dass es noch viel mehr zu sehen und zu fühlen gibt! Ein sehr erotischer Augenblick.

192. Erotische Nachrichten

Klingt sehr einfach, hat jedoch einen besonderen Reiz, weil es nicht alltäglich ist. Hinterlasst euch gegenseitig Nachrichten, die ihr dann in der gesamten Wohnung versteckt. Die Orte sollten so gewählt sein, dass sie auch zu finden sind. So könnt ihr die Lust aufeinander entfachen, und das auf einfache aber besondere Art und Weise. Probiert es aus!

193. „Paarmassage"

Massage gefällig? Warum eigentlich nicht, aber bitte auf besondere Art und Weise. Nehmt euch die Zeit und massiert euch gegenseitig. Scheut euch nicht, denn auch wenn ihr keine Künstler auf diesem Gebiet seid, wird es ein voller Erfolg werden. Es kommt nur auf die richtigen Körperstellen an!

194. Die Uhr

Wenn ihr alle Zeit der Welt habt, scheinen Zärtlichkeiten manchmal gar nicht so wichtig. Aber was, wenn das nicht der

Fall ist? Gebt euch nicht mehr als eine Minute und nutzt diese Zeit so ausgiebig wie möglich. Es wird ein ganz neues Gefühl für euch sein und dein Partner wird dich sicherlich überraschen.

195. Strip-Poker

Eigentlich versteckt sich dahinter eher ein Party-Spiel aus der Jugend und es wird nur selten in einer Beziehung gespielt. Bis heute! Packt die Karten aus und fordert euch gegenseitig heraus! Wer wird zuerst alle Hüllen fallenlassen müssen? Es muss natürlich kein Poker sein, auch einfache Mau-Mau Karten reichen schon aus. Und ob ihr das Spiel letztendlich könnt oder nicht, spielt eigentlich keine Rolle. Wenn dein Partner es nicht kann, ist es nur ein Vorteil für dich!

196. Einfach nackt

Ihr seid völlig allein und kennt euch so, wie ihr seid. Warum dann lästige Sachen tragen, wenn sie ohnehin nur kneifen und zwicken? Lasst alle Hüllen fallen und bewegt euch ganz normal, so wie immer! Du wirst die Blicke deines Partners mehr als einmal spüren und auch du wirst nicht mehr wegschauen können.

197. Film

Hand aufs Herz: Habt ihr schon einmal einen Erotikfilm gesehen? Es ist nichts, wofür ihr euch schämen müsstet, warum auch? Sucht euch doch zusammen einen solchen Film aus und schaut ihn auch. Es wird die Leidenschaft zueinander nur noch mehr entfachen.

198. Body-Painting

Habt ihr schon einmal von dieser Kunst gehört? Hier werden mit Wasserfarben Kunstwerke auf den Körper eines Menschen gemalt. Die Motive sind natürlich frei wählbar. Versucht auch ihr es. Das Beste an dieser Beschäftigung: Es wird natürlich ohne Kleidung gemacht und ihr seid euch dabei ganz nah! Seid kreativ und entdeckt eure künstliche Ader auf ganz neue Art und Weise.

199. Spielzeug

Für manche Paare mag es etwas ganz Normales sein, aber wie ist es mit euch? Wenn ihr bis jetzt einen großen Bogen um derlei Spielzeug für zwei gemacht habt, lohnt sich ein Versuch in jedem Fall. Wenn es euch nicht gefällt, habt ihr es versucht und konntet die Erfahrung für euch sammeln.

200. Sagt ab, nur für euch

Männer- oder Frauenabend? Sagt diesen Termin einmal ab, mit nur einem Gedanken: Die ganze Nacht miteinander zu verbringen – und hier geht es nicht nur ums Reden. Nutzt die freie Zeit, denn eure Freunde kommen auch mal ohne euch aus.

201. Liebe am Strand

Liebe ist natürlich überall schön! Aber warum immer zu Hause? Am Strand hat es einen ganz besonderen Reiz, dem ihr euch sicher nicht entziehen könnt. Ganz gleich, ob Urlaub oder Tagesausflug: Liebt euch im warmen Sand und macht dabei eine ganz besondere Erfahrung.

202. Essen mal anders

Es ist eine Art Rhythmus: Dein Partner kommt nach Hause und du wartest mit dem Essen. Aber warum nicht einmal anders gestalten: Empfange ihn zum Abend mit deiner gewohnt guten Küche, aber vielleicht bist du unter der Schürze nur spärlich gekleidet (wenn du überhaupt eine trägst). Sei kreativ und lass dich davon überraschen, ob das Essen noch immer so wichtig ist.

203. Rollenspiele

Wäre es nicht interessant, einfach für einen Moment ein anderer Mensch zu sein? Warum denn auch nicht! Versucht es mit einem Rollenspiel. Wer möchtest du gerne sein, und wer dein Partner? Lasst euch die verrücktesten Dinge einfallen und spielt mit der Erotik tief in euch. Es wartet ein ganz neues Gefühl auf euch. Dabei können es auch gezielte Situationen sein. Vielleicht wollt ihr euer erstes Date nachstellen und dabei einen ganzen anderen Ausgang wählen? Ihr habt alle Möglichkeiten!

204. Lesen

Was für euch auf den ersten Blick wenig erotisch erscheinen mag, kann jedoch eine ganz große Wirkung haben. Lest euch erotische Geschichten vor. Ihr werdet überrascht sein, wie schnell ihr in diese andere Welt eintauchen könnt und dort vielleicht etwas entdeckt, was ihr euch schon immer gewünscht habt. Auch wenn das Buch vielleicht nicht lange in euren Händen bleibt, entfacht es in jedem Fall sehr viel.

205. Geöffnetes Fenster

Wenn die Leidenschaft Einzug hält, läuft es bei vielen Paaren gleich ab: Fenster zu, denn für die Nachbarn ist das nicht bestimmt. Der Gedanke ist schon richtig, aber warum nicht doch einmal das Fenster öffnen. Ob die Nachbarn es hören, weiß keiner, aber es kann für einen ganz besonderen erotischen Reiz sorgen. Versucht es einfach mal!

206. Ein Erotikgeschäft besuchen

Viele Menschen machen einen großen Bogen und schauen dann doch hin! Doch ihr seid mutig und geht hinein. Hier könnt ihr tolle Dinge entdecken, die sicherlich sehr viel in euch wecken. Schöne neue Unterwäsche? Warum nicht! Es ist doch nicht verboten! Und wenn ihr nichts findet, geht ihr einfach wieder und habt eine Erfahrung gesammelt, die euch auch so sicherlich weiterhilft.

207. Erotische Schnitzeljagd

Hier ist nur ein Partner gefragt! Schreibe auf viele kleine Zettel Dinge, die deinen Partner zu dir führen. Sei dabei ruhig kreativ und natürlich sexy. Diese Hinweise hinterlegst du an den unterschiedlichsten Orten der Wohnung, natürlich so, dass er sie finden kann. Und auf geht die besondere Jagd, an dessen Ende du das Ziel bist.

208. Geheimste Wünsche

Was wünschst du dir und was willst du unbedingt einmal ausprobieren? Nicht selten hindert uns die Scham daran, es einfach frei zu sagen! Nimm deinen Mut zusammen und sprich es offen aus. Doch nicht nur so nebenbei. Seid euch nah und sprecht über alles, was euch bis jetzt verborgen blieb. Und dann? Probiert es doch direkt, denn jetzt ist genau der richtige Augenblick.

10

Günstig aber schön

Muss schöne Zweisamkeit immer teuer sein? Nein, das muss sie nicht. Es mag vielleicht Menschen geben, die nur dann glücklich sind, wenn sie viel Geld haben, aber ist das wirklich so wichtig?

Ihr müsst nicht viel Geld ausgeben, um miteinander glücklich sein zu können. Ihr habt euch, ein paar gute Ideen und daraus wird dann ein wunderschöner Tag. Dennoch ist es nicht immer so einfach, die richtige Idee zu finden. Die folgenden helfen euch sicherlich, eine Entscheidung zu treffen. Viel Spaß beim Entdecken der großen Freuden, die schon mit einem kleinen Betrag umgesetzt werden können.

209. Im Bett bleiben

Was einfach klingt, ist es auch. Und das Beste: Es kostet nichts, außer vielleicht eure Zeit. Aber die müsst ihr euch einfach nehmen. Lasst die Arbeit liegen, und bleibt den ganzen Tag im Bett! Warum auch nicht, denn morgen ist auch noch ein Tag und der holt euch schon von ganz allein ein.

210. Serien- oder Filmtag

Ihr seid richtige Serien- oder Filmfans? Dann macht es euch auf dem Sofa gemütlich und los geht der Marathon. Sucht euren Lieblingsfilm heraus und schon kann es losgehen. Den ganzen Tag gibt es nichts anderes als euch und den flackernden Fernseher.

211. Ausflug ins Möbelhaus

Wer sagt denn, dass ihr etwas kaufen müsst? Fahrt los und startet euren ganz persönlichen „Spaziergang" im Möbelhaus. Schaut euch die Angebote an und setzt euch auf die teuersten Sofas und Betten. Schaut in schicke Vitrinen und setzt euch auf gut gepolsterte Stühle. Ihr werdet mit eurem Verhalten ganz sicher nicht auffallen, weil das sehr viele Besucher machen, nur dass diese vielleicht etwas kaufen möchten. Genießt die Zweisamkeit und holt euch Inspiration. Denn irgendwann werdet auch ihr mal wieder eine neue Ausstattung benötigen.

212. Spaziergang um den See

Es muss nicht immer das Meer sein, manchmal reicht auch einfach der See ganz in der Nähe. Lasst das Wetter so sein, wie es ist (es sei denn, es regnet in Strömen), und geht eine Runde spazieren. Genießt die Natur und betrachtet verträumt das Wasser. Hier könnt ihr die Seele baumeln lassen und zusammen einfach den Tag hinter euch lassen. Vielleicht habt ihr sogar die Gelegenheit, die Füße einmal ins Wasser einzutauchen.

213. Zusammen aufräumen

Wie ist in eurem Haushalt die Rollenverteilung? Geht der Mann arbeiten, während du dich um das ganze Haus bzw. die Wohnung kümmerst? Versucht es doch einfach zusammen. Nehmt euch Wischmopp und Staublappen zur Hand und schon kann es losgehen. Geht Raum für Raum vor, damit ihr auch zusammen sein könnt. Ihr werdet überrascht sein, wie viel Spaß es machen kann, und sollte zuvor eine Rollenverteilung bestanden haben, kann der andere auch einmal in die Rolle des Partners schlüpfen.

214. Schaukeln auf dem Spielplatz

Ihr denkt, ihr seid aus dem Alter heraus? Nein, keineswegs. Sucht euch den nächsten Spielplatz und setzt euch auf die Schaukeln. Lasst die Beine baumeln und fühlt euch für einen kurzen Moment wie Kinder. Es wird eine schöne Erfahrung sein, die ihr beide nun miteinander teilen könnt.

215. Startet einen Blog

Auch diese Beschäftigung braucht nicht viel Geld, höchstens ein wenig Zeit, und macht richtig Spaß. Gibt es ein Thema, welches euch schon lange beschäftigt, oder vielleicht möchtet ihr ein Erlebnis auch mit anderen Menschen teilen? Dann ist ein Blog genau das richtige für euch. Mit nur ein paar Klicks und ein wenig Hintergrundwissen könnt ihr auch schon starten und eure Gedanken mit der Welt teilen.

216. Schönheitstag

Was zunächst wie eine Beschäftigung nur für Frauen klingt, ist durchaus auch für den Mann geeignet. Denn warum sollte dieser sich nicht auch eine Gesichtsmaske mit Gurkenscheiben auflegen dürfen? Macht es euch so richtig gemütlich und nutzt die Utensilien, die ihr bereits habt. Und dann kann es auch schon losgehen. Beine hoch und verwöhnen lassen, aber Abwechseln nicht vergessen.

217. Drachen

Hier ist natürlich ein ganz normaler Drachen gemeint, der besonders gerne bei Wind fliegt. Wenn ihr keinen besitzt, könnt ihr diesen schon für sehr wenig Geld kaufen. Und dann kann es auch schon losgehen. Wartet auf den richtigen Wind und lasst den Drachen in die Luft steigen. Es wird ein tolles Erlebnis sein und schon bald ist der Ehrgeiz geweckt, ihn auch so lange wie möglich in der Luft zu halten.

218. Pokern lernen

Auch diese Beschäftigung braucht keinen großen Geldbeutel, denn ihr könnt es ganz einfach von zu Hause aus versuchen. Vielleicht habt ihr einen guten Freund, der das Spiel beherrscht. Wenn nicht, ist das auch kein Problem! Im Internet werdet ihr viele Hinweise finden, auch von Menschen, die genauso als Anfänger begonnen haben und jetzt schon Profis sind.

Na, wer von euch beiden wird gewinnen? Die „Schlacht" um das bessere Blatt kann schon bald beginnen.

219. Blut spenden

Es ist eine gute Sache und kostet nichts! Wenn ihr euch allein nicht traut, dann geht zusammen zur Blutspende und helft auf diese Weise anderen Menschen. Es ist ein schöner Gedanke und nachher könnt ihr euch beide zusammen wieder in Schwung bringen. Aber bitte langsam, denn eine kleine Ruhezeit solltet ihr euch schon gönnen.

220. Unter Wasser

Auch diese romantische Erinnerung kostet kein Geld. Ihr braucht lediglich ausreichend Wasser, um auch gut tauchen zu können. Und nun? Küsst euch unter Wasser und macht eine einzigartige Erfahrung. Ihr werdet überrascht sein, was mit euch passiert. Es ist ein tolles Erlebnis, das sicherlich Wiederholungsbedarf wecken wird.

221. Essstäbchen

Hier habt ihr sicherlich Spaß und müsst dafür maximal die Stäbchen kaufen. Versucht, euer Essen mit Essstäbchen zu euch zu nehmen. Was jetzt einfach klingt und beim Zuschauen auch sehr leicht aussieht, kann ganz schön schwer sein. Das werdet ihr recht schnell feststellen! Bevor ihr jedoch am Verhungern seid, greift zum Besteck. Aber versucht es ruhig. Ihr werdet jede Menge Spaß haben.

222. Gemeinsame Ahnenforschung

Kennt ihr eure Vorfahren? Für die meisten Menschen bleiben diese für immer verborgen und das ist doch eigentlich mehr als schade. Versucht, so viel wie möglich über eure Vorfahren herauszufinden. Kramt in Fotoalben, fragt in euren Familien nach und tauscht euch aus. Es ist spannend und kostet keinen Cent.

223. Weltreise planen

Die Planung kostet in jedem Fall kein Geld, also warum dem großen Traum so nicht etwas näherkommen. Lasst keine Wünsche aus, sondern plant nach Herzenslust, so wie es euch gefällt. Wo möchtet ihr hin und was wollt ihr zuerst sehen? Es gibt so viele Fragen, und um diese zu beantworten, brauch ihr lediglich eure Vorstellungskraft.

224. Schweigen

In der Ruhe liegt die Kraft: Aber was ist mit kompletter Stille? Habt ihr schon einmal versucht, gar nicht miteinander zu reden? Bei einem Streit ist diese Stille durchaus unangenehm, aber findet einmal heraus, wie es sich anfühlt, nicht miteinander zu sprechen, obwohl ihr es doch eigentlich wollt. Das wird in jedem Fall ein Abenteuer und kostet nicht einen Cent, höchstens starke Nerven.

225. Film im Originalton

Nur einen Film schauen ist euch zu langweilig? Dann schaut ihn euch doch im Originalton an. Das macht nicht nur Spaß, weil ihr sicherlich über die Stimmen mehr als verwundert sein werdet, sondern bildet auch noch weiter. Denn wenn ihr die deutsche Version kennt, könnt ihr diese Gelegenheit sogar nutzen, um z.B. etwas Englisch zu lernen (je nachdem, was die Originalsprache ist).

226. Erdbeeren pflücken

Wenn ihr diese süßen Früchte liebt, dann solltet ihr euch unbedingt auf den Weg zu einem Erdbeerfeld machen. Sicherlich findet ihr auch eines in eurer Nähe. Es macht großen Spaß und ihr dürft alles behalten. Lasst es euch schmecken, denn gemeinsam macht die Arbeit gleich doppelt so viel Spaß.

227. Eure Bucket List schreiben

Das kostet euch wirklich nichts außer einigen Überlegungen und vielleicht das Lesen dieses Buches. Mache es dir mit deinem Partner gemütlich und entwerft basierend auf euren Ideen eure ganz persönliche Bucket List. Ganz gleich wie lang oder wie verrückt: Die Hauptsache ist, dass sie eure Gedanken und Sehnsüchte widerspiegelt und ihr gemeinsame Ziele festsetzt. Dann steht deren Verwirklichung nichts mehr im Wege!

11

Sommerliche Überraschungen

Sommer, Sonne und Sonnenschein: Die Welt steht euch offen und ihr habt so viele Möglichkeiten. Vielleicht habt ihr jetzt noch keine Ideen, aber nach dem Lesen dieses Kapitels werden ihr ganz sicher jede Menge davon haben.

Lasst euch entführen in eine Jahreszeit voller Wärme und genießt sie so, wie noch nie: gemeinsam.

228. Eine Nacht in der Hängematte

Es klingt jetzt vielleicht nicht gerade bequem, aber wenn ihr euch ein wenig mit der Auswahl dieser tollen

Liegemöglichkeiten vertraut macht, werdet ihr das nicht mehr so sehen. Genießt eine Nacht unter den Sternen in eurer eigenen Hängematte. Wählt dafür aber auf jeden Fall ein Modell, das ein wenig größer ausfällt, damit ihr auch bequem liegen könnt. Das ist etwas ganz Besonderes und wer weiß – vielleicht wird es nicht die letzte Nacht bleiben.

229. Weinprobe

Ein gut gekühlter Sommerwein, den ihr gemeinsam genießen könnt, ist etwas Wunderbares. Aber wann habt ihr schon einmal die Gelegenheit, gleich in den Geschmack von mehreren Köstlichkeiten zu kommen? Eine Weinprobe versüßt euch den Nachmittag und wird ein tolles Erlebnis für euch beide sein.

230. Sandburg

Was Kindern Spaß macht, kann doch für Erwachsene nicht schlecht sein, oder? Baut eure eigene Sandburg, aber legt euch so richtig ins Zeug. Baut sie so groß wie nur möglich. Dann werdet sicherlich nicht nur ihr sie bewundern.

231. Dusche unter einem Wasserfall

Dieses Erlebnis ist nur im Sommer möglich. Wenn ihr einen Wasserfall seht, zögert nicht und stellt euch darunter. Nehmt euch an den Händen und lasst euch von dem angenehmen Nass abkühlen. Eine solche Gelegenheit ergibt sich viel zu selten, als dass ihr sie an euch vorüberziehen lassen solltet.

232. Marshmallows grillen

Sicherlich kennt ihr sie auch, aber habt ihr sie auch schon einmal gegrillt? Setzt euch zusammen ans Feuer und grillt die kleinen Köstlichkeiten. Es geht schnell und ist einfach! Und das Beste: Ihr sitzt zusammen am Feuer und könnt in Erinnerungen schwelgen und die Wärme der Flammen genießen.

233. Bad aus Rosen

Es spielt keine Rolle, ob ihr einen großen Pool oder nur ein kleines Planschbecken besitzt. Zündet Kerzen an, nutzt Rosenblüten zur Deko und stellt den Sekt bereit. Die laue Luft des Sommerabends sorgt für den Rest. Es wird ein wundervoller Sommerabend für euch beide!

234. Barfuß am Strand joggen

Sport am Strand – warum nicht? Zieht im Urlaub einfach die Schuhe aus und joggt ein paar Runden über den Sand. Ein Sportspaß, der nur im Sommer möglich ist und dazu auch noch das Schöne mit dem Nützlichen verbindet.

235. Sonnenaufgang

Natürlich könnt ihr euch einen Sonnenaufgang immer ansehen. Aber im Sommer und dann vielleicht auch noch am Strand ist er einfach am schönsten. Nehmt euch die Zeit, setzt euch zusammen in den Sand und seht zu, wie die Sonne vor euren Augen den Tag einläutet. Ein Ereignis, das ihr sicher nicht jeden Tag erleben könnt.

236. Sommerregen

Wenn euch der Kuss im Regen gefallen hat, dann solltet ihr das im Sommerregen einfach nochmal probieren. Tanzt, küsst euch und seid euch nah, wenn der erste warme Regen dieser Jahreszeit fällt. Es wird ein unvergesslicher Augenblick sein.

237. FKK-Strand

Auch etwas, was du nur im Sommer mit deinem Partner machen kannst. Legt eure Scham ab und besucht einen FKK-Strand. Niemand wird euch seltsam ansehen, aber ihr macht eine Erfahrung, die euch ganz sicher Spaß machen wird. Und wenn nicht, dann war es zumindest einen Versuch wert, und ihr werdet immer mit einem Lächeln daran zurückdenken!

238. Wasserbombenschlacht

Das macht sicherlich großen Spaß, auch wenn ihr euch nachher bestimmt umziehen müsst. Aber auch das wird euch sicherlich nicht stören. Füllt einfach Luftballons mit Wasser und werft sie nach Herzenslust durch die Gegend. Wer die meisten abbekommt, gewinnt zwar nicht, aber sicherlich findet der Verlierer einen guten Trost.

239. Autokino

Auch wenn diese besondere Form des Kinos nicht mehr so häufig zu finden ist, gibt es doch immer wieder tolle Angebote. Schaut euch um und lasst es euch nicht entgehen. Es ist etwas völlig anderes als eine normale Kinovorstellung. Ihr schaut einen Film unter den Sternen und wer weiß, welche Möglichkeiten sich euch noch bieten.

240. Eis selbst machen

Diese Idee könnt ihr wunderbar zusammen umsetzen. Eiscreme selbst zu machen, ist nicht nur spaßig, sondern fördert auch die Kreativität. Sucht ein gutes Rezept für euer Lieblingseis heraus, bereitet es zu und schmeckt gemeinsam ab. Es wird ein kühles und sahniges Vergnügen.

241. Salsa-Party

Wohl kaum ein Tanz ist so aussagekräftig und intensiv wie Salsa. Lasst dieses Gefühl zu und verbringt einen Abend auf einer solchen Party. Es spielt keine Rolle, ob ihr den Tanz beherrscht. In jedem Fall werdet ihr einen Abend voller guter Musik und Rhythmus genießen können.

242. Skihalle

Skifahren funktioniert nur im Winter? Nein, ganz sicher nicht! Um euch das selbst zu beweisen und etwas richtig Verrücktes zu machen, fahrt in eine nahegelegene Skihalle. Nur hier könnt ihr euch im Hochsommer auf eure Bretter stellen und dick eingemummelt den Hügel hinuntersausen. Wechselt für ein paar Stunden einfach von Sommer auf Winter. Es ist wie Zauberei, und doch ist alles echt!

243. Ausflug zur Sommerrodelbahn

Dieser Spaß ist natürlich, wie der Name schon sagt, nur im Sommer möglich! Habt ihr den nötigen Mut, um die Fahrt auf euch zu nehmen? Probiert es aus – ihr müsst nicht gleich das „Gaspedal“ voll durchdrücken – und das Beste dabei ist: Es gibt Schlitten für zwei. Niemand muss also allein fahren und wenn ihr es einmal probiert habt, wollt ihr sicherlich gleich noch einmal hinauf.

244. Marmelade kochen

Sie schmeckt lecker und die Zubereitung ist gar nicht so schwer. Wenn ihr von einer Frucht eine ausreichende Menge zur Verfügung habt, überlegt nicht lange und kocht eure eigene Marmelade. Das Verkosten wird eine Wonne sein und wer weiß, ob letztendlich auch der ganze Topf in die Gläser gefüllt wird? Lasst es euch schmecken.

12

Winterliche Zweisamkeit

Das Jahr wimmelt nur so von schönen Momenten, die ihr zu zweit genießen könnt. Aber es gibt auch sehr viele Dinge, die nur im Winter umgesetzt werden können. Rückt zusammen, fühlt die Wärme und lasst euch von kalten Temperaturen nicht beirren. Manchmal steckt der wahre Reiz in den richtig kalten Tagen!

Lasst euch überraschen!

245. Schlittenfahrt

Auch wenn viele Menschen der Meinung sind, dass sich dahinter eher Spaß für Kinder versteckt, sind auch viele Paare schon begeistert. Organisiert einen Schlitten und sucht einen geeigneten Rodelberg, dann kann es auch schon losgehen. Fühlt euch für einen kurzen Moment wie Kinder und genießt dabei den Nervenkitzel gepaart mit jeder Menge Spaß.

246. Der Schneemann

Auch das ist schon lange nichts mehr nur für Kinder! Draußen hat es geschneit und der Tag ist einfach viel zu schön, um ihn auf dem Sofa zu verbringen. Dann raus mit euch und ab in den Schnee. Baut einen Schneemann, so groß, wie es euch gefällt und genau nach eurer Vorstellung. Lebt euch aus, seid kreativ und entdeckt vielleicht eine ganz neue Seite an euch! Über euer gemeinsames Kunstwerk könnt ihr euch noch tagelang freuen.

247. Baden im „Eis“

Auch wenn diese Beschäftigung auf den ersten Blick wenig „kuschelig“ aussieht, solltet ihr es dennoch wagen. Besonders das Aufwärmen danach kann mehr als angenehm sein. Findet heraus, ob bei euch in der Nähe das sogenannte Eisbaden möglich ist, und wagt es einfach! Zusammen seid ihr stark und könnt es schaffen.

248. Schneeengel

Sicherlich kennt ihr Schneeengel noch von Kindertagen! Aber habt ihr einen solchen auch schon zusammen gemacht?

Wenn nicht, dann wird es höchste Zeit! Legt euch nebeneinander in den Schnee und bewegt gleichzeitig Arme und Beine – schon ist der Schneeengel fertig. So verbringt ihr nicht nur eine schöne Zeit, sondern verewigt eure Verbindung zugleich noch im Schnee.

Das ist euer Bild!

249. Wenn der Schnee fällt

Das eine Winterwanderung wunderschön sein kann, wisst ihr sicherlich. Aber wie fühlt es sich an, wenn der Schnee fällt, und ihr zusammen Hand in Hand durch den Wald lauft? Es ist ein tolles Gefühl, wenn die Flocken eure Nasen kitzeln und es nichts weiter gibt als euch und den fallenden Schnee. Genießt diese wundervolle Zeit, denn sie kommt nur einmal im Jahr.

250. Küssen unter einem Mistelzweig

Auch wenn es ziemlich kitschig klingt: Wann habt ihr das denn schon einmal gemacht? Die meisten Menschen reden darüber, aber haben es selbst noch nie ausprobiert. Auch wenn ihr schon lange ein Paar seid: Stellt euch unter einen Mistelzweig und küsst euch wie beim ersten Mal. Es werden wundervolle Gefühle in euch geweckt, die vielleicht schon lange ein wenig fern waren.

251. Schlittenhunde

Eine Fahrt mit dem Schlitten ist schon ein Erlebnis. Aber wie sieht es mit Schlittenhunden aus, die euch durch die Winterlandschaft führen? Wenn ihr die Möglichkeit habt, nutzt sie in jedem Fall. Genießt die Umgebung in einem Schlitten und in warme Decken gekuschelt und lasst euch von Schlittenhunden ziehen. Es ist unvergesslich und ihr könnt in aller Ruhe die Umgebung genießen.

252. Iglu bauen

Es mag unmöglich klingen, ist es aber nicht! Versucht es. Dafür sollte es jedoch richtig kalt sein und vor allen Dingen sehr viel Schnee geben. Der Bau fördert den Zusammenhalt und das Ergebnis ist großartig. Eine Nacht in einem selbstgebauten Iglu, und das auch noch zu zweit, ist alles andere als kalt. Überzeugt euch selbst davon!

253. Gemeinsamer Eistanz

Für viele Menschen ist Schlittschuhlaufen im Winter etwas ganz Normales. Aber wie oft geschieht das auch mit dem Partner? Holt eure Schlittschuhe hervor oder leiht euch diese aus und ab mit euch aufs Eis. Besonders romantisch ist es in der Dunkelheit, wenn die ersten Lichter strahlen. Nehmt euch bei den Händen und schlittert zusammen über das Eis. Nach nur wenigen Sekunden wird es nur noch euch geben!

254. Schneeballschlacht

Auch diese Idee weckt sicherlich Kindheitserinnerungen, doch auch im Erwachsenenalter ist es durchaus eine gute Möglichkeit und macht unheimlich viel Spaß. Formt so viele Schneebälle, wie es euch gefällt, und dann kann es auch schon losgehen. Hier sind Lachen und rote Nasen garantiert!

255. Schneewanderung

Ein Sparziergang? Eigentlich nichts Außergewöhnliches, oder doch? Wenn ihr zusammen die Winterlandschaft erkundet könnt, werdet ihr diese Stunden so schnell nicht mehr vergessen. Schnee säumt die Bäume und es weht eine kühle Luft, die überhaupt nicht unangenehm ist. Lasst euch in eine andere Welt entführen und genießt den Augenblick.

256. Bratäpfel

Das zusammen Kochen und Backen großen Spaß macht, hast du schon herausgefunden. Wieso sich also nicht an einer für diese Jahreszeit typischen Köstlichkeit versuchen? Lasst euch von den leckeren Düften und Aromen der Bratäpfel verführen und genießt diese anschließend in aller Ruhe und nur für euch.

257. Fotos

Sicherlich macht ihr das Jahr über recht viele Bilder von euch. Aber im Winter bekommen eure Schnappschüsse noch einmal ein ganz anderes Flair. Geht hinaus in die Natur oder in den Garten und fotografiert euch. Zusammen, eng umschlungen oder posiert. Es werden wundervolle Bilder werden, die euch noch lange an diesen Winter zurückdenken lassen.

258. Einkaufsbummel

Auch wenn er für sehr viele schon fast alltäglich ist, ist der Einkaufstrip in der Weihnachtszeit doch etwas ganz Besonderes. Natürlich geht es hierbei nicht um das wilde Shoppen zum Geschenke aufstöbern, sondern vielmehr um den kleinen

Bummel zu zweit. Genießt eure Zeit, schlendert Arm in Arm durch das Lichtermeer und findet vielleicht ein paar schöne Kleinigkeiten, die euch sonst nie aufgefallen wären.

259. Adventskranz

Im Bastelfieber? Dann nutzt die kalte Jahreszeit und den bevorstehenden Advent für das Basteln eines Adventskranzes. Vielleicht verbirgt sich in deinem Partner ein Talent, dass du so noch nie gesehen hast? Sucht zusammen die Deko aus und kreiert etwas, was euch die gesamte Weihnachtszeit begeistern wird.

260. Winterliches Fotoalbum

An manchen Tagen ist es doch drinnen einfach am schönsten. Aber im Haus bleiben heißt nicht, dass es dort nichts zu entdecken gäbe. Gestaltet doch zusammen ein Fotoalbum und vertreibt euch so die Zeit bei einer Tasse Tee. Nutzt Fotos, Aufkleber und andere Dekomaterialien. Sicherlich werdet ihr einige Perlen finden und könnt zusammen in schönen Erinnerungen schwelgen.

261. Foto mit dem Weihnachtsmann

Das Schlendern über den Weihnachtsmarkt gehört zum Winter einfach dazu. Aber wie oft hast du in dieser Zeit schon ein Foto mit dem Weihnachtsmann gemacht? Schnappe dir deinen Partner und traut euch einfach! Kehrt zurück in eure Kindheit und bittet den weisen Herren um ein Foto. Er wird es euch nicht verwehren und für euch beide wird es ein unvergesslicher Moment.

262. Kutschfahrt

Sich einmal wie eine Märchenprinzessin fühlen? Das wäre doch zu schön! Dann schaut euch um: Vielleicht gibt es bei euch die Möglichkeit, eine Kutschfahrt zu unternehmen. Wenn dies geht, dann zögert nicht, sondern nutzt es aus. Kuschelt euch in warme Decken und die romantische Fahrt kann auch schon losgehen.

263. Feuer im Schnee

Auch eine Möglichkeit, die ihr nur im Winter ausleben könnt. Nehmt euch zwei Stühle, eine Feuerschale, entfacht ein kleines Lagerfeuer und wärmt euch die Füße. Dazu noch etwas Glühwein (Tee geht natürlich auch) und der Abend ist perfekt. Genießt die Wärme mitten im Winter und schwelgt in Erinnerungen.

264. Vogelfutter

Auf den ersten Blick mag es nicht aufregend klingen, aber schon die Herstellung ist etwas kaum Alltägliches, das nur selten zu zweit gemacht wird. Also warum nicht? Dann könnt ihr es zusammen in das Vogelhaus geben und zusehen, wie die Vögel sich über eure Gabe freuen. Es wird ein schöner Anblick sein und ihr Zwei allein seid dafür verantwortlich.

265. Fahrt mit dem Schneemobil

Auch hier verbirgt sich ein unvergessliches Erlebnis. Natürlich lohnt es sich vielleicht nicht unbedingt, sich ein Schneemobil zu kaufen, aber es gibt zahlreiche Angebote, die eine solche Fahrt möglich machen. Lasst euch nicht verunsichern und genießt den Schnee einmal anders.

266. Skifahren lernen

Es ist eine Herausforderung, aber zu zweit ist es viel leichter. Nehmt euren Mut zusammen und fahrt hinauf. Lernt Skifahren und schafft etwas, was ihr vielleicht nie für möglich gehalten hättet. Ihr müsst keine Angst haben, denn sicherlich findet ihr einen Kurs, der auch zu euch passt, solltet ihr noch keine Vorkenntnisse haben! Viel Spaß beim Schnuppern der Bergluft.

267. Glühwein selbst herstellen

Klingt langweilig? Das ist es ganz sicher nicht! Sucht euch ein Rezept heraus und kocht euren eigenen Glühwein. Lasst euch von den angenehmen Düften verführen und probiert herum, bis ihr den richtigen Geschmack getroffen habt. Ein gemütlicher Abend ist hier garantiert.

268. Lebkuchenhaus

Eine Freude, die schon lange nicht mehr nur für Kinder gedacht ist. Dass Kochen und Backen als Paar großen Spaß machen, wisst ihr vielleicht schon. Dann versucht euch auch unbedingt an einem Lebkuchenhaus. Ihr schafft etwas Tolles für die Weihnachtszeit und könnt kreativ zusammen sein. Und süß ist es in jedem Fall!

269. Ab zum Strand

Auch wenn du jetzt denkst, dass es nicht geht, wirst du dich vielleicht täuschen. Wann warst du das letzte Mal im Winterurlaub und hast dich für ein Ziel mit Strand entschieden? Versuche es und wähle mit deinem Partner einen Ort, an dem garantiert die Sonne scheint. So könnt ihr Weihnachten bzw. den Winter am Strand verbringen. Es wird ein Gefühl sein, dem ihr so sicherlich nur selten begegnet. Kalte Temperaturen? Nicht bei euch!

13

Allgemein und doch wichtig

Manchmal lässt sich etwas einfach nicht einsortieren Es sind Punkte, die definitiv auf einer Bucket List stehen sollten, aber keine Kategorie finden. Auch wenn sie keine Kategorie tragen, heißt es nicht, dass sie nicht genauso wichtig sind.

Schreibe sie auf jeden Fall auf und lasse sie zu etwas werden, was ihr unbedingt zusammen erreichen und schaffen wollt. Es stärkt eure Partnerschaft, und das ist wohl einer der wichtigsten Bereiche in eurem gemeinsamen Leben.

270. Risiko

Es gibt etwas in eurem Leben, dass ihr schon immer machen wolltet? Ganz gleich, was es ist: Schiebt es nicht vor euch her, denn irgendwann werdet ihr es ganz sicher bereuen. Traut euch, und wenn es nicht funktioniert, so habt ihr wenigstens die Erfahrung gemacht und wisst es für euch!

271. Initialen einritzen

Ganz gleich, ob in einen Baumstamm oder auf Beton: Es ist etwas für die Ewigkeit! Zeigt der Welt, dass ihr zusammengehört, und ritzt eure Initialen zusammen in nassen Zement oder die Rinde eines Baumes. Beides könnt ihr auf eurem Grundstück umsetzen, wenn ihr das möchtet. Wollt ihr aber ein wenig mehr Reichweite erzielen, werdet ihr ganz bestimmt auch woanders einen Baum finden, der euch gefällt. Mögen eure Namen auf ewig dort verweilen!

272. Seht euch im Alltag

Oft lebt man zwar gemeinsam, doch eigentlich nur nebeneinanderher. Wie oft siehst du deinen Partner wirklich? Versuche es einmal anders. Schau zu ihm, küsse ihn einfach so, wenn dir gerade danach ist, und mache dann mit deiner Beschäftigung weiter. Sie läuft dir zwar nicht gleich davon, doch Liebe braucht regelmäßige Zuwendung!

273. Taxifahrt

Seid ihr schon einmal mit dem Taxi gefahren? Dann wird es höchste Zeit. Die Fahrt allein macht natürlich noch nicht die Spannung aus. Nutzt die Zeit, um euch einfach mal wieder so richtig ausgiebig zu küssen. Sorgt euch nicht um den Fahrer, denn ihr werdet nicht die ersten sein. Fühlt euch noch einmal wie frisch verliebt, solange, bis ihr zu Hause ankommt.

274. Busreise

Reisen mit dem Bus sind nur etwas für ältere Menschen? Wer das sagt, hat es einfach noch nicht probiert. Nur weil ihr jung seid, heißt es noch lange nicht, dass ihr alle Strecken stets mit dem Auto zurücklegen müsst.

Bucht eine Reise, vielleicht bloß ein Tagesausflug, und fahrt mit dem Bus los. Auch wenn ihr dort die einzigen um die dreißig oder vierzig sein solltet, spielt das doch keine Rolle. Genießt die Reise in vollen Zügen, ohne selbst immer wieder auf den Straßenverkehr achten zu müssen.

275. Silvester im Ausland

Der Jahreswechsel ist für die meisten Menschen ein großes Fest. Wie ihr diesen jedes Jahr verbringt, obliegt natürlich euch. Aber was ihr als Paar unbedingt einmal versuchen solltet, ist die Feier des Jahreswechsels im Ausland. Sucht euch ein gemeinsames Wunschland aus und geht auf Reisen. Es wird eine Feier, die ihr nicht mehr vergessen werdet, und wer weiß – vielleicht war es nicht das letzte Mal!

276. Das erste Date

Auch wenn es schon sehr lange her ist, ist es doch immer unvergesslich. Könnt ihr euch noch an euer erstes Date erinnern? Ganz bestimmt. Dreht die Zeit einmal zurück und stellt euer Date nach. Völlig egal, wo es war: im Kino, einem Lokal oder im Park. Fühlt euch noch einmal wie damals, mit allem, was dazu gehört! Schmetterlinge und Kribbeln natürlich inbegriffen.

277. Urlaubsfotos aufkleben

In den meisten Fällen bleibt dies an einem Partner „kleben". Aber warum? Schnapp dir deine bessere Hälfte und klebt die Bilder gemeinsam auf. Vielleicht habt ihr sogar eine Idee für eine schöne Collage, die dann einen Platz in eurer Wohnung finden könnte. Viel Spaß beim Schwelgen in Erinnerungen.

278. Ausreiten am Strand

Ein Spaziergang am Strand ist schon wunderschön, aber wie sieht es mit einem Ausritt aus? Auf der Wiese können das vielleicht die Meisten. Aber das Strandfeeling auf dem Rücken eines Pferdes gemeinsam mit dem Partner zu genießen, ist etwas ganz anderes. Versucht, eine solche Möglichkeit für euch umzusetzen und erfahrt etwas, was ihr nicht mehr vergessen werdet. Reitet dem Sonnenuntergang entgegen!

279. Gedicht

Seid ihr poetisch veranlagt? Wenn nicht, dann ist es noch nicht zu spät! Schreibt zusammen oder für den jeweils anderen ein Gedicht. Es ist gar nicht so schwer, wie ihr jetzt vielleicht denkt. Sammelt eure Gedanken. Es muss auch nicht um eure Partnerschaft gehen, sondern kann sich um ein ganz anderes Thema drehen. Alles, was euch gerade bewegt, ist ein guter Inhalt.

280. Spielzeug spenden

Jemandem etwas Gutes tun, macht großen Spaß, und wenn ihr das zu zweit könnt, ist es noch viel schöner! Suche ein paar Spielzeuge heraus. Entweder kauft ihr günstig etwas, findet noch etwas von euch, oder ihr habt Kinder, die mancherlei Dinge nicht mehr brauchen. Ganz gleich, für was ihr euch entscheidet: Jedes Kind, welches sonst nichts hat, wird sich darüber freuen.

281. Zeit mit der anderen Familie

Es ist wichtig, Zeit mit dem Partner zu verbringen, doch wie oft nehmen wir uns Zeit für dessen Familie? Ein kurzer Besuch genügt vielleicht schon. Dabei kann es so schön sein und ihr könnt euch gegenseitig zeigen, wie wichtig ihr füreinander seid, denn es ist ein tolles Gefühl, wenn der Partner auch Interesse für die eigene Familie zeigt. Probiert es aus.

282. Gefühle

Wie begrüßt du deinen Partner nach der harten Arbeit? Ganz sicher mit „Wie war dein Tag?“. Gefühle werden hier nur selten hinterfragt. Versuche es doch stattdessen einmal mit „Wie hast du dich heute gefühlt?“.

Experten zufolge verleiht das einer Beziehung einen ganz neuen Glanz.

283. Patenkind aus einem fernen Land

Habt ihr eigene Kinder? Das spielt eigentlich keine Rolle. Kinder in anderen Ländern leben oft ein Leben, dass wir uns hier gar nicht vorstellen können. Gebt einem solchen Kind etwas von eurer Liebe und unterstützt es! Es gibt Mittel und Wege, die sicherlich auch etwas für euch sind. Hört euch um – es wird euch dankbar sein und ihr könnt gemeinsam ein Leben verändern.

284. Abgewöhnung

In einer langjährigen Beziehung gibt es immer Dinge, die in Fleisch und Blut übergehen. Es sind Gewohnheiten, ganz gleich, ob gute oder schlechte. Habt ihr schon einmal daran gedacht, euch etwas davon abzugewöhnen? Warum eigentlich nicht? Sucht euch etwas aus und arbeitet gemeinsam daran, diese Gewohnheit ad acta zu legen. Ein aufregender Weg liegt vor euch.

285. Spart auf einen Traum

Jeder Mensch hat einen Traum – und wie sieht der eure aus? Redet darüber, und ihr werdet ganz sicher etwas finden, was euch beide begeistert. Es könnte eine Reise oder auch ein Möbelstück sein, das ihr nie zur Sprache gebracht habt. Heute ist der Tag, an dem es endlich soweit ist! Kauft euch ein Sparschwein und legte eine Summe fest. Jeden Monat füttert ihr es und kommt somit der gemeinsamen Sehnsucht immer näher.

286. Einen riesigen Eisbecher bestellen

Schon allein bei der Vorstellung läuft euch das Wasser im Mund zusammen? Das ist nur zu verständlich, denn die Beschreibungen in den Speisekarten sind meistens zu verlockend und wenn dieser auf dem Nachbartisch zu sehen ist, sieht es auf keinen Fall anders aus. Also worauf wartet ihr noch: Bestellt euch zusammen einen großen Familieneisbecher und genießt ihn in vollen Zügen. Aber bitte aufessen und zwei Löffel nicht vergessen!

287. Drei Adjektive

Was denkst du über deinen Partner? Sehr oft ist es so, dass diese Gedanken viel zu selten geteilt werden. Wenn sich doch einmal die Gelegenheit ergibt, fehlen die Worte und wir können nicht das sagen, was wir eigentlich wollen. Dann macht es euch einfacher: Beschreibt den jeweils anderen nur mit drei Adjektiven, die aber mehr sagen als tausend Worte. Sei es nun spannend, romantisch oder aufregend: Es obliegt euch, was ihr dem anderen sagen möchtet, doch es werden in jedem Fall einige Hüllen fallen.

288. Reden über den Lebenstraum

Das Sparen auf einen Traum ist gut, aber ihr müsst wirklich herausfinden, ob dieser Traum auch zu euch beiden passt. Nehmt euch die Zeit und redet miteinander. Findet heraus, wie eure Vorstellungen aussehen. Auch wenn ihr jetzt denkt, dass ihr das sicher wisst, könnt ihr es eigentlich nicht sagen. Denn Interessen können sich verändern und es ist wichtig, dass ihr das erkennt und Kompromisse schließt, wenn es so ist. Reden ist wichtig!

289. Auch allein

Um wirklich glücklich zu sein und auf eine zufriedene Partnerschaft blicken zu können, ist es wichtig, dass ihr nicht immer zusammenseid. Das klingt seltsam, ist aber wissenschaftlich erwiesen und sollte auf eurer Bucket List auf keinen Fall fehlen. Trefft euch unabhängig voneinander mit euren Freunden, geht ins Kino oder besucht die Familie. Es muss nicht sein, dass ihr euch gleich wochenlang trennt, aber schon ein Tag oder ein paar Stunden können euch zeigen, wie wichtig ihr euch seid, und zugleich dabei helfen, auch weiterhin eure Freundschaften zu pflegen.

290. Gemeinsames Wellnesswochenende

Der Alltag ist nicht immer leicht und ihr habt viel zu selten Zeit für euch. Dann verwöhnt euch doch einfach selbst. Bucht zusammen ein Wellnesswochenende und lasst alles für zwei Tage hinter euch. Ihr habt es euch verdient und werdet gemeinsam eine unvergessliche Zeit genießen.

291. Tattoo

Eines ist sicher: Es braucht jede Menge Mut, aber es ist etwas, was euch für immer begleiten wird. Lasst euch ein Tattoo stechen, welches euch beide verbindet. Es kann ganz unterschiedlich aussehen, oder ihr wählt beide das gleiche Motiv. Nur eure Namen sind ebenso möglich. Lasst euch beraten und euer ganz persönliches Tattoo entwerfen.

292. Kunstaustellung

Kunst ist nur etwas für Frauen? Warum? Wenn ihr beide es noch nicht ausprobiert habt, dann solltet ihr das auf jeden Fall einmal tun. Taucht ein in eine Welt, die ihr noch nicht gesehen habt, und wer weiß – vielleicht entdeckt ihr beide sogar euren Lieblingskünstler, von dem schon bald auch bei euch ein Bild zu finden ist. Eines ist sicher: Die Ausstellung wird euch in neue Welten führen, wenn ihr dort noch nie wart.

293. Negative Stimmung aushalten

Nicht immer ist jeder Tag ein Genuss und in jeder guten Beziehung gibt es auch einmal Streit. Wie verhältst du dich in einem solchen Moment? Und wie dein Partner, wenn du Probleme hast, die du lautstark kundgibst? Wenn ihr euch in einem solchen Moment gegenseitig anschreit, sammelt ihr keine Punkte. Haltet euch zurück und kompensiert die Stimmung des jeweils anderen. Es wird auch wieder bessere Zeiten geben! Atme tief durch und lasse dir seine Worte noch einmal durch den Kopf gehen. Vielleicht verbirgt sich dahinter mehr Wahrheit, als du in diesem Augenblick siehst. Eine gute Beziehung heißt, den anderen auch einfach mal „ausrasten" zu lassen.

294. Familienfeiern

Geht ihr gerne auf Familienfeiern? Meistens werden hier wirklich nur die wichtigsten Geburtstage und Feierlichkeiten „mitgenommen". Eltern, Geschwister und Großeltern sind in Ordnung, doch darüber hinaus warten schon die Ausreden. Aber warum? Ermuntere deinen Partner, doch einfach auf die Feier der schon lange nicht mehr gesehenen Tante zu gehen. Diese wird sich freuen und du zeigst, dass dein Interesse noch immer ungebrochen ist. Macht euch einen schönen Tag im Kreis der Familie. Für euch wird es sich in jedem Fall lohnen.

295. Unglückliches Paar

Was jetzt vielleicht verrückt klingt, kann für euch und eure Beziehung viel Gutes bereithalten. Vielleicht seid ihr nicht immer so zufrieden mit eurer Beziehung, wie ihr es euch wünschen würdet. Ob das nun begründet ist oder nicht, sei hier erst einmal dahingestellt. Um wieder neuen Schwung zu verspüren, verabredet euch mit einem Paar, das augenscheinlich unglücklich ist (vielleicht aus dem Freundeskreis). Wenn ihr nur ein paar Stunden mit diesem Pärchen verbracht habt, werdet ihr merken und verstehen, dass ihr doch alles habt, was ihr braucht, um wirklich glücklich zu sein. Dieser Tag wird euch noch enger zusammenschweißen.

296. Abspann

Auch wenn es einfach klingt, wer macht das wirklich? Wenn ihr das nächste Mal ins Kino geht, bleibt einfach sitzen, bis der Abspann zu Ende ist. Der Saal wird immer leerer und niemand kann euch des Films verweisen. Genießt die Zeit, denn irgendwann seid ihr allein in diesem großen Raum!

297. Das Kind eines Bekannten

Wenn ihr selbst noch keine Kinder habt, ist das die beste Gelegenheit, um euch ein Bild vom eigenen Familienglück zu machen. Sollte in eurem Bekanntenkreis ein Kleinkind leben, fragt einfach nach, ob ihr einen Abend auf dieses aufpassen könnt. Auf diese Weise tut ihr etwas Gutes und könnt gleich in Erfahrung bringen, wie ihr euch damit fühlt!

298. Kürbis

Sicherlich seht auch ihr im Herbst vor den Häusern eurer Wohngegend immer wieder diese kleinen Gebilde stehen. Dabei handelt es sich um ausgehöhlte Kürbisse, die jeweils mit einer Kerze und einem Gesicht versehen werden. Halloween ist da! Habt auch ihr schon einmal daran gedacht, euch an so etwas zu versuchen? Wenn nicht, dann sollte es unbedingt auf eure Liste. Kauft euch einen Kürbis (es muss nicht der eigene aus dem Garten sein) und macht aus ihm eine schöne Dekoration, die die Blicke auf sich zieht.

299. Zur gleichen Zeit krank

Krank sein ist niemals schön und wenn es dem Partner nicht gut geht, fühlt sich der andere meistens auch nicht wohl. Wenn es deine Zeit erlaubt, dann sei einfach mit deinem Partner „krank". Leg dich dazu und teil das Leid des anderen. Du musst nicht spielen, dass du krank bist. Es reicht schon, wenn du mit ihm Fernsehen schaust, in seiner Nähe bist oder einfach eine Tasse Tee trinkst. Das kann mehr bewirken, als du jetzt vielleicht für möglich hältst. Denn manchmal sind es einfach die kleinen Dinge, die eine böse Krankheit wieder verfliegen lassen.

Vielleicht geht es ihm dadurch schneller wieder besser. In jedem Fall gibst du ihm ein gutes Gefühl.

Bonus

Checkliste für die Verbesserung deiner Beziehung im Alltag

Die Liebe ist groß und zu Beginn wird diese noch in vollen Zügen gelebt. Doch die Zeit vergeht, ihr zieht zusammen und der Alltag stellt sich ein. Plötzlich ist alles selbstverständlich und normal. Doch wo sind der Schwung und das Kribbeln? Natürlich liebst du deinen Partner, aber der Alltag kann hier auch eine große Bedrohung sein.

Die folgende Checkliste wird dir helfen, wieder das zu sehen, was für eine glückliche Beziehung wirklich wichtig ist!

- ☐ Vertrauen ist das A und O einer glücklichen Beziehung. Entziehe es deinem Partner nicht und gib es auch zurück. Wenn das möglich ist, lebt ihr auf einem festen Fundament, welches für eine glückliche Zukunft spricht.

- Entscheidungen müssen immer wieder getroffen werden, und viele Paare neigen dazu, diese getrennt voneinander zu fällen. Mach das nicht und beziehe deinen Partner immer mit ein. Frage ihn nach seiner Meinung und zusammen findet ihr dann auch eine Lösung.
- Für eine glückliche Beziehung sind gemeinsame Ziele wichtig. Lebt ihr stattdessen nur nebeneinanderher und habt das Gefühl, jeder verfolgt seinen eigenen Plan? Redet darüber und setzt Ziele ruhig gemeinsam.
- Wertschätzung ist mehr als wichtig. Auch wenn ihr schon viele Jahre ein Paar seid, sollte sie nicht verlorengehen. Sag deinem Partner, dass er dir wichtig ist, oder offenbare es mit Gesten. Ein Kuss zur Begrüßung, eine Umarmung oder ein Lob für ein gutes Essen machen schon so viel aus.
- Wann habt ihr das letzte Mal gekuschelt? Solltet ihr hierauf nicht sofort eine Antwort finden, ist es wichtig, das zu überdenken. Gönnt euch gegenseitig Nähe, denn sie ist so wichtig. Liebt euch und spürt die Leidenschaft, sonst wird aus Nähe schon bald Ferne.
- Probleme gibt es in jeder Beziehung und wenn dich etwas stört, solltest du es auch ansprechen. Schiebe es nicht weg oder verschweige es, aus Sorge, deinen Partner zu verletzen. Ehrlich währt am längsten.
- Das Leben ist voll von Terminen und Herausforderungen. Lasst für eine Stunde am Tag alles fallen und habt einfach nur Spaß. Wie dieser aussieht, ist euch überlassen. Wenn es nicht jeden Tag möglich ist, dann vielleicht am Wochenende. Findet einen Rhythmus und euch!

- Aufmerksamkeit ist nicht nur im Büro, sondern auch in einer Beziehung sehr wichtig. Veränderungen sind nicht immer sofort bemerkbar, sondern nur dann, wenn du genau hinsiehst. Bleibe wachsam und achte auf Kleinigkeiten.
- Warum hast du dich einst in deinen Partner verliebt? Auch wenn es nicht immer rosig zugeht, hat deine Liebe doch sehr viele gute Seiten. Besonders in diesen Momenten ist es wichtig, dass du dich daran erinnerst. Aber natürlich solltest du sie auch im Alltag nicht vergessen, denn es geht um deine Liebe.
- Es ist schwer, Liebe zu geben, wenn wir uns selbst nicht mögen und verstehen. Es klingt seltsam, aber leider ist diese persönliche Unzufriedenheit oft der Grund für das Scheitern eine Beziehung. Sei mit dir selbst zufrieden, und wenn das nicht möglich erscheint, rede offen mit deinem Partner. Zusammen werdet ihr alles meistern.

Haftungsausschluss

Urheberrecht

Impressum

ISBN: 9798579345752

1. Auflage

Kontakt: Jens Steingröver / Gerberstr. 3c / 87730 Bad Grönenbach

Coverfoto: Image of caucasian couple having fun while man piggybacking joyf @ Vadymvdrobot (de.depositphotos.com)
Bilder im Buch:
Happy couple lying on a boat at sea. Luxury vacation on a yacht in the islands. @ ufa-bizphoto
Image of beautiful couple man and woman smiling at camera and showing peace sign @ Vadymvdrobot
Young couple cuddling @ michaeljung
Couple is satisfied shopping @ Jim_Filim
Man lift girl by his feet on bed @ odua
Sexy couple of artists sitting on floor and smiling while man drawing with brush @ VitalikRadko
Couple Enjoying Cup Of Coffee In Restaurant @ monkeybusiness
Senior couple on motorcycle @ londondeposit
Beautiful couple enjoying picnic time on the sunset. @ bernardbodo
Selfie a couple @ ginasanders
Instructor saying to his subordinate @ gpointstudio
Mature couple in kitchen @ ArturVerkhovetskiy
Playing some music @ bernardbodo
(de.depositphotos.com)

Printed in Germany
by Amazon Distribution
GmbH, Leipzig

22383940R00085